사랑과 증오의 사잇길

문수봉 제2수필집

사랑과 증오의 사잇길

문수봉 제2수필집

발 행 처 · 도서출판 **청어**
발 행 인 · 이영철
영　　업 · 이동호
기　　획 · 천성래
편　　집 · 방세화
디 자 인 · 김영은 | 이수빈
제작이사 · 공병한
인　　쇄 · 두리터

등　　록 · 1999년 5월 3일
(제321-3210000251001999000063호)

1판 1쇄 발행 · 2020년 1월 1일

주　　소 · 서울특별시 서초구 남부순환로 364길 8-15 동일빌딩 2층
대표전화 · 02-586-0477
팩시밀리 · 0303-0942-0478

홈페이지 · www.chungeobook.com
E-mail · ppi20@hanmail.net
ISBN · 979-11-5860-720-3(03810)

이 도서의 국립중앙도서관 출판시도서목록(CIP)은 서지정보유통지원시스템 홈페이지
(http://seoji.nl.go.kr)와 국가자료공동목록시스템(http://www.nl.go.kr/kolisnet)에서 이용
하실 수 있습니다.(CIP제어번호: CIP2019048400)

사랑과 증오의 사잇길

문수봉 제2수필집

사람들은 인생을 구름 같이 왔다가 바람 같이 간다고 말을 한다. 바람도 구름도 한 번 지나가면 영원히 오지 않을 뿐만 아니라 그만큼 세월이 빠른 속도로 흘러가는 느낌이 들기 때문이다. 그렇게 짧은 기간에 많은 글을 쓰고 싶다는 것은 욕심에 가득 찬 오만일 것이다.

글은 가슴으로 풀어내는 언어의 마술이라고 한다. 그 마술에 휘말려 미사여구(美辭麗句)를 동원하여 기교를 부리기보다는 사람들이 읽었을 때 찡한 감동을 줄 수 있는 글을 써보고 싶었다.

수필을 쓰는 사람은 고통, 기쁨, 슬픔을 느낀 대로 거짓 없이 진솔하게 표현하고 그것을 하얀 종이 위에

풀어낼 때 글의 본질에 가깝게 접근할 수 있으리라 믿는다. 다만 바람이 있다면 매순간 열정을 다해서 살았기 때문에 내가 살아온 모든 날들이 값진 것이었다고 따뜻하게 기억해 주었으면 한다.

이제 굴곡진 인생길의 끝자락에서 좋은 글을 남기지 못하는 것이 아쉽지만 지금까지 쓴 100여 편의 수필 속에 나의 혼을 불어 넣었으니 그것으로 만족하면서 생을 마감하려 한다.

장산제에서
2020년 1월 1일

| 차례 |

작가의 말

3부 푸른 숲의 고요 속으로

4부 그리움으로 사는 인생

5부 여행처럼 떠나는 인생

1부 사랑과 증오의 사잇길

가운뎃길과 사잇길

아버지의 시신을 넣기 위해 파놓은 땅속에 황토
흙을 한 삽 떠서 관 위에 뿌리는 것이 흙비가 되어
내리고 있었다. 그렇게 사랑도 증오도, 쓰린 마음도
땅 속 깊숙이 묻어 드렸다.

애증(愛憎)의 세월

　파란 하늘에 갑자기 먹구름이 몰려온다. 후드득 빗방울이 눈썹 위로 떨어지는가 싶더니 굵은 빗줄기가 폭포수처럼 온몸을 훑고 타 내린다. 자연은 그렇게 갑자기 변하면서 인간들을 놀라게 하고 있다. 무조건 순응해야 하는 자연, 아버지와 아들도 그런 관계가 아닐까?

　아버지가 후두암으로 고생하시던 무렵, 마음은 항상 무거운 바위 같은 것이 짓누르고 있었다. 돌아가실 때 그 곁을 지키겠다는 결심을 하면서부터 시골에서 요양하고 계시는 집을 이삼일에 한 번씩 찾아뵙고 건강상태를 점검하고 있던 시기였다.

바쁜 공직 생활을 하면서 임종(臨終)만은 꼭 지켜드리고 싶은 마음 때문에 서울로 출장가야 할 일이 생겨 아버지를 찾았다. 몸 상태는 극도로 쇠약해지셨지만 검은 눈망울만큼은 빛이 나고 있었다.

"아버지, 내일 서울출장을 가야 하는데 괜찮겠어요?"

"염려 말고 다녀와라. 차 조심 하고."

이 짤막한 대화가 아버지와 아들이 이승에서 나눈 마지막 말이 될 줄은 상상하지도 못했었다.

다음날, 서울중앙부처 회의장 문을 막 열고 들어섰을 때 거기 모인 사람들의 시선이 모두 내게로 쏟아지고 있었다.

"아버지가 별세하셨다는 연락이 왔어요. 빨리 내려가 보세요."

그 말을 꿈결인양 들은 후 정신이 혼미해져 제대로 서 있을 수가 없었다.

가슴이 먹먹해지며 심장이 멎는 듯 했다. 택시를 잡아타고 강남버스터미널로 달리기 시작했다. 눈에서는

사랑과 증오의 사잇길

내 의지와 상관없이 눈물이 쏟아지고 있었다. 그것도 하염없이, 눈물샘이 모두 말라 버린 것 같았다. 택시 운전사가 룸미러로 나를 흘깃거렸다.

어느 날 아침, 그것도 꼭두새벽 초등학생 어린 나에게 주전자를 주시면서 외상술을 받아오라고 하시는 아버지가 너무나 원망스러웠다. 잠시 후, 조그마한 가게 앞에서 망설이는 초라한 내 모습이라니…….

아직 가게 문도 열리지 않는 집 앞에서 초조하게 문이 열리기를 기다려야 했다.

어린 마음에 부끄럽기도 하고 창피도하고, 아버지에 대한 미움이 증오와 슬픔으로 변해 깊고 깊은 상처를 주었다. 얼마만큼의 시간이 흐른 뒤 부스스 눈을 비비고 가게 문을 여는 주인아저씨를 저 만치 떨어져 바라보면서 어떻게 외상술을 달라고 해야 할지 망설이고 있을 때였다.

"얘야, 아침 일찍 무슨 일로 왔냐?"

"아저씨, 우리 아버지가 외상술을 받아 오라고 해서요."

"새벽부터 무슨 외상술이냐? 오늘 하루도 재수 없게 생겼구나."

주전자의 술을 받아 든 어린 가슴은 표현할 수 없는 수만 가지 생각과 울분으로 방망이질을 하고 있었다.

'오늘 하루도 재수 없게'를 말하던 가게 아저씨의 얼굴을 바라보면서 미안한 마음과 아버지에 대한 미움이 뒤범벅이 되어 눈물이 하염없이 흘러내렸다.

그런 세월들을 얼마나 많이 살아왔던가! 그런데 그런 아버지가 세상을 떠나고 말았다. 아버지를 미워했지만 그 속엔 사랑과 정의 끈끈함도 미움 못지않게 자리 했었는데 돌아가셨다는 사실 앞에 모든 게 끝났구나. 절망의 순간이었다.

미워했던 게 죄스러웠던 나는 임종만은 꼭 지켜드리고 싶었다. 아버지는 나에게 그 소소한 행복까지도 허락해 주지 않았다.

집에 도착했을 때, 직장 동료들이 먼저 와서 일을 거들어 주고 있었다. 아버님은 눈을 감지 못하고 세상을 버린 것 같았다. 아직도 남아 있는 한이 그렇게 많

사랑과 증오의 사잇길

앉는지 눈을 뜬 채로였다.

그대로 가시게 할 수는 없다. 지금 내가 할 일은 뜬 눈을 감겨 드려야만 했다. 이 세상에서 짊어지셨던 슬픔, 이루지 못한 꿈 모두 다 잊어버리고 저 세상으로 편히 가실 수 있도록 마지막 효도를 눈을 감겨 드리는 것으로 하고 싶었다.

"아버지, 어제는 아무렇지도 않다고 잘 다녀오라고 하시더니 그 사이 무엇이 그렇게 급해서 허겁지겁 아들도 안보고 저승으로 가셨나요. 그간 가족들에게 베풀어 주지 못한 사랑 때문에 미안하셨던가요? 이제 아버지 마음을 충분히 이해할 수 있게 되었으니 편히 눈을 감으세요."

임종을 하지 못한 한(恨)이 켜켜이 쌓여 산봉우리 위로 깊이 새겨지고 있었다. 눈을 감겨 드리고 몸을 씻겨 드리고, 수의를 입혀 드리면서 말라버린 눈물이 왜 그렇게 원망스러웠던지!

아버지의 시신을 넣기 위해 파놓은 땅속에 황토 흙을 한 삽 떠서 관 위에 뿌리는 것이 흙비가 되어 내리고 있었다. 그렇게 사랑도 증오도, 쓰린 마음도 땅 속 깊숙이 묻어드렸다.

자식들이 세상의 중심으로 나가는 동안 비로소 아버지의 처진 뒷모습과 야윈 어깨를 보면서 고난으로부터 우리를 지키기 위해 얼마나 방황하고 뛰었는지 짐작하게 되었다.

아버지가 책임져야 할 식구들이 그의 어깨에 매달려 있기에 희망하고 바람만큼 절망스러웠을 것이고 자책하셨을 것이다. 그게 뜻대로 되어지지 않을 때 나약해질 대로 나약해진 마음을 술로 잊고자했을 아버지로서의 자존심과 그 남루가 못 견디게 하지 않았을까?

내가 아버지의 입장이 되었을 때에야 이해하고 깨닫게 되어 남모를 죄책감과 회한의 눈물을 흘리고 있는 것이다.

그렇게 사랑과 미움을 함께 했던 아버지를 허망하게 보내드린 후, 애증의 세월들이 쉽게 마음속에서 지워지지 않고 있는 것은 아버지를 너무 사랑해서이었을까, 너무 미워해서였을까, 이해해드리지 못했던 미안함 때문이었을까?

　돌아가신 지 40년, 그때의 아버지 모습인 머리가 하얗게 센 늙은 아들은 아버지의 묘소 앞에서 살아계실 때 다하지 못한 효(孝)때문에 마음 아파한다.

사랑과 증오의 사잇길

사잇길이란 큰길에서 갈려 나간 작은 길을 말한다. 우리 앞엔 무수한 길이 있다. 길은 길과 다시 만나고 또다시 두 갈래 세 갈래 길로 나뉜다. 그 길 위에서 꽃길을 걷다가 절벽을 만나기도 하고 다시 오솔길을 만나고 큰길로 들어서기도 한다.

오고가다 옷깃만 스쳐도 전생에 인연이라고 말하는 참으로 오묘하고 짓궂고 때로는 사람들의 마음을 아프게 하는 것이다. 모든 것은 그 길 위에서 일어난다. 인연은 우연하게 시작되어 때가 되면 자연스럽게 끝을 맺는다. 관계가 좋게 끝나면 좋은 인연이라고 말할 수 있겠지만 헤어질 때 나쁜 관계로 끝나면 그것을 악연이라고 말한다.

난 평생을 살아오면서 두 사람과는 아주 소중한 인간관계를 유지해 왔다. 사랑과 존경을 가슴 깊이 느끼는 좋은 인연이었다. 한 분은 이미 돌아가시고 저승에 계시지만 살아계실 때 그 귀한 인연을 놓지 않기 위해서 성실하고 참되게 가식 없이 행동하려고 스스로 많은 노력을 했었다.

이제 나이가 들어 세상사는 것이 허무하다고 생각될 때 가끔 모시고 식사하는 시간을 가졌었다. 그리고 흡족하지는 못했지만 마음이 담긴 용돈을 드리면서 언제나 건강하게 내 곁에 오래오래 남아 계시기를 빌었건만 세월 따라 떠나는 것은 어쩔 수 없는 자연의 순리이다.

임종을 지켜보지 못했다. 그분을 보내는 장례식장에서 아쉬운 마음을 말로 표현할 수 없었지만 다른 한편으로 생각해보면 끝까지 좋은 인연으로 함께 할 수 있었음에 감사했다.

또 한 분은 90세를 넘기신 지금까지도 우리의 인연
은 계속되고 있다. 직장 생활을 하면서 많은 도움을
받았던 너무나 고마운 분이다. 삶의 길목마다 늘 내
곁에서 바른 길로 인도해 주신 특별한 인생의 스승이
다. 가끔 건강하신지 전화로 문안인사를 올리고 옛날
이 그립고 보고 싶을 때 자주는 찾아뵙지 못하지만 황
혼 길에 쓸쓸해하지는 않을까 염려될 때가 많다. 언젠
가는 이승과 저승의 사잇길로 헤어진다는 생각을 하
면 벌써 가슴이 촉촉해지는 느낌이다.

그리고 잘못된 인연으로 만나 증오로 몸서리 쳤던
세 사람이 있다. 만나지 말았어야 할 악연을 만난 것
이다. 사람들의 얼굴을 보면 선한 인상을 주는 사람
이 있는가 하면 가만히 있어도 성질머리 고약하게 생
겨 먹은 사람이 있다. 그래서 얼굴에 그 사람이 어떻
게 살아 왔는지 지난 세월의 모습이 나타난다고 한다.

사랑과 증오의 사잇길

그들을 만나면서 얼마나 많은 고통을 받았던가! 그 길 위에서 수많은 방황을 했던가!

인생살이 좁은 길로 접어들면서 얼마나 한숨 섞인 원망을 해야 했던가! 가슴은 온통 찢어질 것 같은 아픔으로 자면서조차도 그들과 부딪치는 꿈을 꾸었다. 미워하는 마음을 다스리지 못하면 얻는 것 보다 잃는 것이 많다는 것을 알면서도 서로 간에 미움을 키워갔던 시기가 있었다.

한 발짝만 물러서도 되었던 것을 내 상식으로는 이해되지 않는 그 부당함에 그들과 함께 할 수 없었다.

이제 인생의 마지막을 보내면서 인연도 악연도 느슨하게 편안한 마음으로 마무리해야 하지 않을까.

우리는 모두 길을 걷는다. 그 길 위에서 존재와 마주친다. 길은 나뉘고 만나고 끊어진다. 그게 인생길이 아닌가 한다.

독살녀(毒煞女)

　공동체 생활을 하다보면 주위의 여러 사람들과 인연을 맺고 살아간다. 그 인연이 좋건 나쁘건 계속 이어지기 마련이다. 인연은 아무렇게나 맺어지는 것은 아니다. 서로의 관계가 특별해야 깊은 인연의 골이 생기기 때문이다. 그런데 사회생활을 하면서 자칫 잘못하면 독살녀를 만나게 된다.

　독살녀란 '성품이나 행동에 살기(煞氣)가 있고 악독한데가 있는 여자'를 이르는 말이다. 그리고 언제나 상대가 여자든 남자든 마음에 들면 먼저 들이대는 성격을 가지고 있다고 한다. 사람이 할 수 없는 일을 서슴없이 하는 독살녀들의 특징은 자기 생각을 상대가 순종해 주지 않으면 엄청난 보복을 가하는 무서운 심성을 가지고 있고, 남자를 유혹하고 물질적 보상을 받는 데 천재적인 소질을 가지고 있으며 이런 여자의 경우 정욕이 강한 까닭에 남자의 혼을 빼앗아 명을 단축시키는 일이 많다고 한다. 또한 잘난 척 하는 성질 때문에 주위 사람을 괴롭히고 무슨 일이든 생색을 드러내는 나쁜 버릇을 갖고 있다. 독살스런 행동만 해서 독살녀가 아니다. 기가 세고 말없이 사람들 간에 이간계를 써서 손도 대지 않고 인격적인 살인도 서슴지 않는 여자들은 머리가 좋은 유형의 독살녀들이라고 한다. 독살스러운 표정과 말투 그 뒤에 숨겨진 표독스러운 눈빛에는 자신의 욕구를 충족시키려는 욕망으로 가득 차 있다.

우리나라 속담에 '미꾸라지 한 마리가 온 우물을 흙탕물로 만든다.'는 말이 있다. 이 말은 한 사람의 좋지 못한 행동이 집단 전체나 여러 사람에게 나쁜 영향을 미친다는 말을 비유적으로 이르는 말일 것이다. 이렇게 사회는 극히 일부의 사람들이 혼탁한 사회로 이끌어가기도 한다.

어느 날, 극악한 독살녀의 표본이 방송을 통해서 온 국민에게 전파되고 있었다. 보험금을 노리고 첫 번째 남편을 독살한 것이다. 받아낸 보험금을 모두 탕진한 그녀는 두 번째 남편과 재혼하고 다시 독살을 한다.

그리고 시어머니까지 맹독성 제초제를 탄 음료수와 음식을 먹여 살해한다. 이렇게 못된 짓을 해서 보험금을 타 낸 돈이 무려 10억 원이라고 하니 인간이라고 하기엔 말문이 막힌다. 호화롭게 살던 독살녀는 돈이 떨어지니까 천륜으로 맺어진 친딸까지 제초제를 먹이고 보험금을 타 내려고 하지만 결국 꼬리를 잡히고 만다.

그녀는 이 세상에서 가장 악독한 수법으로 천륜을 저 버린 범죄자가 된 것이다. 인간의 탈을 쓴 독살녀의 표본이라는 생각이 들었다. 그렇게 얻은 돈으로 백화점에서 하루 수백만 원씩 쇼핑을 하면서 호화로운 생활을 했다고 하니 사람이 할 수 없는 짓을 태연하게 할 수 있는 타고난 악녀들이 따로 있는 것 같다.

사랑과 증오의 사잇길

『백설 공주와 일곱 난쟁이』에 나오는 마귀할멈이 독이 든 사과를 공주에게 먹이는 악독한 독살녀! 얼굴에서 풍기는 섬뜩한 느낌. 주름살투성이에 매부리코를 한 늙은 노파를 생각하게 된다.

현대사회를 살아가고 있는 독살녀들은 특별한 모습이 아니라 지극히 평범한 얼굴을 가진 사람들일 것이다.

그들은 없는 말도 만들어 헐뜯고 욕하고 보통 사람들은 상상도 못할 짓을 서슴치 않고 한다. 우리 주변의 독살녀들은 언제나 경계의 눈초리로 멀리 해야 할 존재들인 것 같다.

이길 수 없는 전쟁

"야, 김일병. 왜 재수 없게 우리가 걸렸다냐."

우리의 비극은 이렇게 시작 되었다. 수많은 군인들 중에 우리가 전쟁터로 가야 할 운명으로 선택될 줄은 미처 알지 못했기 때문에 더 황당스러웠는지도 모른다.

베트남 전쟁! 자기의 민족을 지키려는 공산주의와 민주주의 체제를 심기위한 정치적인 싸움판이었다. 전쟁터에서 살아남기 위한 실전 같은 특수 훈련이 시작되었다. 젊은 날 그래도 혈기 왕성했던 시기였기 때문에 6개월의 훈련을 무사히 마치고 완전군장 차림으로 국민들의 환송을 받으며 삶과 죽음의 경계가 분명하지 않는 전쟁터에 버려졌다.

사랑과 증오의 사잇길

정글 속은 어두컴컴한 지옥의 동굴 같은 곳이었다. 이곳에서 인간이 생활한다는 것은 진흙탕 속에서 발버둥치는 죽기 직전의 물고기 신세와 다를 바 없었다. 그러니까 인간이 생존하기엔 거의 불가능한 환경이었다.

지하 막사와 연결해서 개인호를 구축하고 밤으로는 적들로부터 부대원들을 보호하기 위해 청음초(聽音硝)를 서면서 신경을 곤두세웠다. 적들이 침투하면 죽지 않고 살아남기 위해 수류탄과 소총으로 맞서 싸우면서 오직 생존을 위한 몸부림이었다.

정치이념이 서로 다른 베트남 국민들은 밤으로는 공산주의 편에 서서 싸우고 낮으로는 민주주의 체제에 협조하는 척 이중성을 보였다.

그렇게 밤과 낮이 다른 주민들 사이에서 우리의 생명을 노리는 적들을 색출한다는 것은 참으로 무섭고 어려운 일이었다. 진지를 구축하고 철벽같은 경계근무를 서지만 밤에 침투하는 적들과 싸운다는 것 또한 호랑이 앞에 토끼 같은 존재라고 생각되있다. 물속에서 숨도 안 쉬고 숨어 있다가, 수색작전을 펼치는 전우를 향해 총구를 겨누는 불가사의한 적들, 베트남 민족이 똘똘 뭉쳐 국가를 지켜내야 한다는 신념으로 정신무장을 굳게 하고 싸우는 그들을 총칼로 이길 수 있다는 것은 불가능에 가까운 일이다. 특수훈련을 받은 어떠한 군인들도 결코 그들의 정신적 무장을 이겨낼 수 없다는 생각이 들었다.

우리들이 이런 전쟁에 끼어들었다는 것이 이해하기 어려웠고 전사한 전우들을 보면서 또 한 번 울분을 참아내야 했다.

'왜 전우들은 먼 남의 나라 전쟁터에서 죽어가야만 하는가.'

가슴속에 꿈틀거리는 분노, 마음 한구석에 남아 있는 슬프디 슬픈 아픔 같은 것이 가슴을 헤집고 들어왔다. 일 년 반의 복무기간이 끝나고 고국으로 돌아오면서 앞으로 계속 전투에 시달려야 하는 전우들의 안위가 걱정되었지만 죽지 않고 살아남았다는 것이 행운이었다.

    참전용사 대부분은 전쟁에서 경험했던 심리적 충격 때문에 그 기억을 평생 가슴에 안고 살아갈 것이다. 이국 만리 머나먼 나라에서 명분 없이 전사한 불운한 영혼들이 베트남 하늘에서 고국을 그리워하며 울부짖는 모습이 눈에 아른거린다. 귀국하는 함상에서 전우들의 넋을 기리며 생명이 붙어 있는 동안 그들의 아픔을 잊어서는 안 된다는 생각을 가슴깊이 새겨야 했다.

원숭이의 독주

여행이란 자기 자신이 한 번도 가보지 못한 베일 속의 세상을 찾아간다는 설렘으로 가슴을 뛰게 한다. 그래서 항상 즐거움 속에서 출발하게 되는데 나는 직업이 공무원이었던 관계로 퇴직 후에야 머나먼 아프리카 여행을 떠나게 되었다.

탄자니아라는 나라 그곳에는 세렝게티 국립공원이 원시의 초원 그대로 잘 보존되어 있는 곳이다. 거기에 150만 마리가 넘는 흰색수염의 누영양과 20만의 얼룩말들이 큰 무리를 지어 평화롭게 살고 있었다. 특히 이 지역은 총 면적이 14,800㎢에 이르고 케냐의 마사이마라 국립공원과 맞닿아 있는 곳 코끼리, 표범, 기린 홍학 등 35종 이상의 동물들이 지평선이 보이지 않는 넓은 초원에서 한가롭게 풀을 뜯고 있는 모습이 환상적이었다. 동물들이 우기와 건기를 번갈아 가며 이동하기 때문에 이 현상을 보기 위해 세계 곳곳에서 여행객이 찾아오고 있으며 차를 타고 야생동물이 살고 있는 자연 속으로 들어가 가까이에서 동물들의 생태를 생생하게 들여다 볼 수 있는 것이 최대의 즐거움이다.

동물들은 모두 자기들만의 습성으로 산다. 특히 원숭이는 대부분 무리지어 생활하면서 먹이를 확보하기 위해 일정한 영토를 만들고 그 안에서 열매나 곤충을 잡아먹고 안전한 곳을 골라 나무 위에서 잠을 잔다.

나는 국립공원으로 가는 길에 한 무리의 원숭이 집단을 만났다. 그들은 먹을 것을 던져주길 바라고 있는지 사람들을 쳐다보는 눈이 간절하다 못해 애처로웠다.

침팬지, 고릴라 등 종류도 다양하다. 생각지도 않게 순하게 생긴 기린도 원숭이 무리처럼 힘센 놈이 대장이되어 암컷을 독차지 하면서 산다고 한다. 늙어서 힘이 없거나 다른 힘센 강자를 만나 싸움에서 지면 어딘가로 쫓겨나고 또 다른 힘센 수컷이 무리의 대장이 되어 수많은 암컷들을 거느리게 된다.

그리고 암컷이 집단에서 빠져나가려고 하면 혹독한 대가를 치러야 하는데 원숭이는 워낙 민첩하고 심성이 거칠어 사육사조차도 조심하지 않으면 공격을 받는다고 한다. 동물 중에 원숭이가 가장 우리 인간과 비슷한 점이 많다고 하는 것은 참 재미있는 일이다.

심지어 다른 무리의 암컷 원숭이 중에 맘에 드는 놈을 발견하면 젖을 먹일 시기에는 절대 교미를 하지 않지만 새끼를 업고 다니는 원숭이가 있으면 그 새끼를 갈기갈기 찢어 죽여 버리고 교미하는 잔인함도 서슴지 않는 것이 그들의 생리라고 한다.

사람들 중에도 원숭이와 비슷한 성향의 수컷이 많이 있으리라 생각된다. 수컷의 원초적 본능 때문에 수

사랑과 증오의 사잇길

많은 암컷들을 거느리면서 살고 싶다는 동물들의 욕망, 인간의 품격을 생각하지 않는 사람은 무리의 암컷을 모두 자신의 소유로 착각하는 못된 사람들도 있다. 수컷의 본능에 휘둘려 사람이기를 포기하고 아닌 척하지만 은근히 동물로 살아가는 사람들도 적지 않다. 그들은 자신을 마치 여러 명의 무리를 거느린 원숭이처럼 영웅이나 된 듯 즐기는 것 같다. 그래도 인간의 체면과 최소한의 양심, 그리고 부끄러움 때문에 주위의 눈치를 살피면서 겉으로는 점잖은 채 살아가기도 한다.

만물의 영장인 인간을 금수와 한 범주에 넣지 않는 것도 사람에겐 인격이 있기 때문일 것이다.

나만의 수필

글을 쓴다는 것은 참으로 쉽지 않다. 특히 나처럼 문학이라는 것을 체계적으로 배우지 못하고 단지 본능적으로 타고난 감성만 가지고 책을 읽고 혼자만의 느낌으로 글을 쓰는 사람들은 더 어렵다는 생각을 한다. 감수성이 예민했던 고등학교 재학시절 시와 수필, 그리고 소설을 닥치는 대로 읽었던 것을 바탕으로 아직 머릿속에 남은 글들의 여운을 음미하면서 글쓰기를 시작한 지 벌써 몇 년이라는 세월이 흘러갔다.

글 쓰는 사람들 사이에서는 문학성을 강조하는 사람들도 있지만 인간적으로 내가 감동하면 남도 감동할 수 있으리라는 생각으로 진정성 있는 글을 쓰고자

하는 것이 나의 생각이고 글쓰기이다. 사람들이 읽으면 누구나 고개를 끄덕여 공감할 수 있는 쉬운 말로 초등학교 학생부터 시골 노인들까지 아무나 읽어도 쉽게 이해가 되는 글을 쓰겠다고 고집하며 100여 편을 썼다.

문학이란 '생각이나 감정을 상상의 힘을 빌려 글자로 나타낸 예술과 그 작품 시, 소설, 희곡, 수필과 이들에 관한 평론 같은 것을 포함한다'고 되어 있다. 따라서 문학은 사실대로 쓰는 글이 아니고 소재에서 받은 생각이나 감정을 쓰는 것이라고 말한다.

그리고 수필이란 '일정한 형식에 따르지 않고 인생이나 자연 또는 일상생활에서의 느낌이나 체험을 생각나는 대로 쓴 산문 형식의 글'이라고 했다. 즉 '붓 가는 대로 쓴 글'이라는 표현과 비슷한 말이다. 그것은 어쩌면 생각하고 느끼는 것들을 가감 없이 쓴다는 말과 일맥상통하는 것이 아닐까?

그래서 나는 나만의 색깔이 있는 수필을 쓰고 싶었다. 마치 그림을 그리는데 인생, 자연 등을 주제로, 보이는 그대로 사실화를 그리는 것처럼 일상에서 느낀 감정을 나름대로 깊이 들여다보며 이야기 하듯 쓰는 것이 내가 지향하는 수필이다.

글에 기교를 흠뻑 넣어 사람들의 가슴속에 새로운 이미지를 주어 난해한 추상화를 그리기보다는 보이는 대로 그리는 것이 사람들에게 주는 감동이 훨씬 클 것이라는 생각 때문이다.

따라서 수필은 삶의 체험을 정밀한 언어로 구성해서 읽는 사람이 공감하고 깨달음을 얻는다면 그 보다 더 좋은 수필은 없을 것이라는 생각을 해 본다.

요즘 어떤 사람들은 새롭게 창작 수필을 주장하며 문장의 구성을 중시하고 개연성에 의미를 부여한다는 말로 수필을 미화하려고 한다. 그리고 열심히 논쟁의 대상으로 삼는다.

사랑과 증오의 사잇길

문인들 중의 일부는 앞으로 수필은 허구를 가미해서 써야 한다는 이상한 논리를 설명하는 사람들도 있다. 그러나 나만의 수필은 무엇보다 사실을 바탕으로 허구가 아닌 진정성이 있는 글을 쓰고 싶다. 창문을 열면 알싸한 바깥 공기가 살갗을 스치듯, 청량감이 느껴지는 글이면 더욱 좋겠다.

문학성이나 품격 따위는 없어도 상관없다. 우리들 주변에 지식층이나 부유한 사람들이 굳이 인정해주지 않아도 소시민들이 감동하고 공감해 주는 글이면 그것으로 만족하려 한다.

수필을 비롯한 모든 글은 읽는 사람들이 무엇인가에 가슴 뭉클한 감동을 받을 수 있으면 좋지 않을까 생각한다. 요즈음 소확행(小確幸)이란 말이 유행하듯, 작지만 확실한 행복을 느끼게 하는 것, 이것이 나의 수필쓰기다. 마음을 찡하게 울리는 글이라면 그것으로 만족하려 한다.

존경받는 지성인

인생길 마지막이라고 생각하며 글을 쓰기 시작한 지 벌써 몇 년의 세월이 흘러갔다. 문인은 글로 자신을 말한다고 했다. 그들은 상당한 지식과 재능으로 지식인으로서 삶을 살아가면서 글을 쓰기 때문에 인간의 존엄을 지키는 최고의 지성인이라고 말할 수 있다.

그래서 그들의 행위는 많은 사람들의 본보기가 되고 존경받아야 마땅하다는 생각을 했었다. 나는 글을 체계적으로 배우지도 못했고 그렇다고 천부적인 소질이 있는 것도 아니라는 것을 잘 안다.

젊었을 때 닥치는 대로 책을 읽은 것이 문학에 동경과 관심을 가지고 문인 사회라는 곳에 발을 딛게 되었다. 그렇게 긴 시간도 아닌데 오래인 것처럼 느껴지는 것은 문인에 대한 환상이 깨지면서부터다.

나는 글 쓰는 사람들을 우러러 보기 몇십 년의 세월이 흘러갔다. 그러면 마땅히 존경받아야 할 문인들은 과연 그에 합당한 품격을 지니고 있는 것일까 의구심이 생겼다.

문인들은 2등은 없고 누구나 1등이다. 자기가 쓴 글이 최고라는 자만심으로 가득 찬 모습을 보면서 실망하지 않을 수 없었다.

문학을 하는 사람이라면 겸손이 몸에 배었을 것으로 알았는데 자기의 글이 최고라고 이 넓은 세상에 드러내놓고 큰소리로 외쳐 대며 은근히 그런 대우를 해 주기 바라는 사람들도 많았다.

그 외에도 문학외적인 일에 주력하는 문인도 적지 않다. 그래서 파생되는 인사치레와 금전으로 수수된 문학상이 생겨나고 작품성에 의심이 가는 수상작도

부지기수다. 안타깝지만 이게 내가 본 문인세계의 현 주소인 것 같다.

문인들은 물 흐르듯이 이 사회에 모범이 되어 살아가야 되는데 꼭 그렇게 되는 것은 아니다. 흐르다보면 바위를 만나 물길이 바뀔 때도 있고 낭떠러지를 만나 깊은 계곡 폭포가 있는 벼랑으로 추락할 때도 있을 것이다.

언젠가 내가 문단에 입문하기 전에 두 권의 책을 발간했는데 그걸 받아 본 어느 문인이 본격적으로 문인 활동을 해 보지 않겠느냐는 권유를 받아 글을 쓰기 시작했는데 잘 아는 지인이 왜 그 난장판에 발을 들여 놓으려 하느냐고 했다. 그런데 지나고 보니 그 지인의 말이 전혀 근거 없는 빈말은 아니었던 것 같다.

일부 문인들은 자기의 양심을 팔아먹는 부끄럽고 치사한 문인이 있는가 하면 문인들을 편 가르기 해서 힘을 비축하여 세력을 과시하려는 못된 문인, 일반사람들보다 우월하다고 생각하면서 으스대는 갑질 문인, 남을 모함하고 구렁텅이에 밀어 넣어 버리려는 저질 문인, 정부에서 하는 일을 무조건으로 비판하는 극보수, 극진보 정치 문인이나 자신의 정치관과 맞지 않으면 입에 거품을 무는 편협한 문인 등 이렇게 다양한 사람들이 조화롭지 못한 문단 사회를 움직이고 있다는 느낌을 받았다.

가장 순수하고 존경받아야 할 문인들의 조직사회가 불의와 타협하고 흙탕물이 되는 것이 가슴 아프고 안타까웠다. 차라리 문인사회에 발을 들여 놓지 않았더라면 더 좋았을 것이라는 후회를 많이 하게 되는 이유이기도 하다.

부(富)

넉넉한 재산으로 풍족한 생활을 하는 사람을 부자라고 한다. 옛날부터 부(富)는 사람들이 갖고 싶어 하는 다섯 가지 복중의 하나라고 했다.

부는 인간의 본능적인 욕구인 것이다. 사람들이 세상에 태어나서 삶을 유지하는데 가장 필요한 것이 부이지만 잘못하면 그 속에 빠져들어 일생을 망치게 하는 역기능도 발생한다.

부를 이루게 되는 과정에서 잘 되면 풍요로운 삶을 살아갈 수 있다. 그러나 부자가 되고 싶어 하는 욕망에 빠지면 남에게 반드시 피해를 주게 되는데 이런 사람들이 지금의 사회 곳곳에서 활개를 치고 돌아다닌다. 남이야 죽든지 살든지 나만 부자가 되어 잘살면 그만이라는 생각을 하는 이런 사람들은 공동생활을 하는데 사회악이다.

부자란 남에게 손해를 끼치지 않고 또 남을 괴롭히지 않으면서 살만큼만 재산을 이루어야 진정한 부자라는 것이다. 즉, 자기 자신이 살아가는데 불편하지 않을 만큼의 재물을 소유하는 것이 복이지 지나치게 많은 재산을 모으면서 주위 사람들에게 불행을 안겨준다면 결코 복이 될 수 없다.

우리나라가 언제부터 부자 나라가 되었던가? 1960년대만 해도 보릿고개를 걱정해야 하고 국가적인 가난을 벗어나기 위해서 독일에 광부와 간호사를 보내고 중동의 사막지역에 노동자들이 진출하면서 피와 땀을 흘린 대가로 조금씩 나라 살림이 좋아졌지만 국민들의 빈곤은 쉽게 풀리지 않았다. 그 후 경제를 살리기 위해 베트남 전쟁에 젊은 군인들이 참전하면서부터 나라 경제는 차츰 좋아졌으며 부유층이 생기기 시작한 것이다. 젊은이들의 피와 땀으로 이루어진 결과라 해도 과언이 아니다.

벼락부자가 생기면서 우월주위가 팽배해지고 '갑질'이라는 비정상적인 괴물 같은 사회 현상이 나타나기 시작했다. 대한항공의 뉴욕 케네디 공항 회항사건과 대기업 자녀의 변호사 합석 술자리에서 욕설과 폭행사건 등, 이런 일들이 크게 형벌도 받지 않고 흐지부지 끝나고 만 것은 '유전무죄 무전유죄' 때문이 아닐까?

이 사회에 이런 일들이 널리 퍼지면서 잘못된 사회악을 조장하는 풍조가 생겼다. 이런 용어들은 처음부터 태어나지 말았어야 했는데 불행하게도 우리들 주위에서 회자되고 있다.

국가 경제가 급성장하면서 부동산이 기지개를 펴기 시작했다. 정상가격의 몇 배씩 비정상적인 거래가 이루어지며 땅 투기로 갑자기 부자가 된 졸부들이 사회를 병들게 하면서 돈 없는 사람들을 얕잡아 보는 현상이 생겼다. 그들이 돈만큼 지성과 덕을 겸비하면 좋으련만 거의 졸부라는 타이틀을 달고 '갑질'을 하는 대표적인 부류들이다.

이런 부자들이 많아지면서 정직하고 성실하게 일하는 사람들은 사회의 뒷전으로 밀려나 가난에 찌든 나머지 처참한 생활을 하는 사람들이 많아졌다. 생활용품을 파는 슈퍼마켓에서 아르바이트를 하는 어려운 학생들에게 불친절하다는 이유로 무릎을 꿇리고 폭언과 손찌검을 하는 잘못된 졸부들……

그들은 처음부터 인성이 선량하지 못한 악한 사람들이 아니라 갑자기 생긴 부로 인해 못된 쪽으로 변질되었을 것이다. 그런가하면 매일 버려진 박스를 주워 팔아 생긴 돈으로 불우한 이웃을 돕는 사람들, 설이나 추석명절에 이름을 밝히지 않고 쌀과 돈을 기부하는 아름다운 기부천사들도 우리 주위에 많이 있다.

그들은 돈이 많아서 불우한 이웃을 돕고 있는 것일까? 아니다. 마음이 부유하고 선량하기 때문에 그러한 생각을 한 것이다. 우리가 살고 있는 조직 사회가 밝아지려면 갑질하는 무리는 도태되어야 하고 기부천사가 날개를 펴고 살 수 있는 사회가 되어야 한다.

남은 죽든지 살든지 등쳐먹고 사는 사람들이 많아

지면 국민들은 나쁜 쪽으로 물들어 갈 것이다. 겸손하고 정직하고 진실 된 사람들이 사회를 이끌어 가야 바른 사회가 된다.

악한 사람은 선한 사람으로 위장을 하고 있어도 언젠가는 자신의 본성이 드러나기 마련이다. 부자가 되기 위해서 남을 괴롭히지 않고 적당히 재물을 소유하는 사회, 상식이 통하는 사회가 되었으면 한다.

괴물의 탄생

  언제부턴가 갑질이라는 말이 이사회에 화선지에 먹물이 번지듯 국민들의 공분을 사고 있다. 무지한 괴물들의 탄생인 것이다.

  세상에 존재하는 인간은 모두가 평등하다는 고귀한 생각이지만 사람의 높낮이가 같지 않다는 것, 아무리 원칙과 이론을 들이대며 같음을 주장해도 인간이 살아가는 사회구조상 갑과 을이 발생할 수밖에 없다는 것이 우리가 사는 현실이다.

  사람들은 평등을 주장하면서도 난감하게 생각하는 것은, 기회의 균등을 이야기한다. 그 기회라는 것이 워낙 모호하긴 하지만, 무엇인가를 본인의 노력으

로 선점한 사람, 지식이나 실력이나 경력이 남보다 우
월한 사람을 갑이라 하고, 그렇지 못한 사람을 을이라
한다면 갑질이 일상화된 사회를 조금은 이해할 수 있
을지도 모르겠다.

그러나 우리가 재벌 3세의 갑질에 대해 참을 수 없
어 하는 것은 아무런 노력도 하지 않고 누리는 갑의
위치가 불평등하다고 생각하기 때문이다. 금수저로
태어나 괴물처럼 나대는 갑질에 국민들이 분노하는
이유이다.

문제는 우리가 그것을 참아 내야만 한다는 것이다.
세상엔 많은 갑이 있고 더 많은 을이 있다. 우리는 그
갑에게 지닌 것을 내놓으라고 요구할만한 법적 조항
이 없기 때문에 그 차이대로 살아야 한다는 것에 더욱
참을 수 없어하고 분노한다.

주로 돈이 많고 무식해서 근본 인성이 잘못된 사람
들과 가정교육이 엉망인 사람들 중에 이런 괴물이 태
어나서 사회의 일부분을 움직이고 있다.

그들은 남들보다 돈이 많은 것밖에 으스댈 것이 없

사랑과 증오의 사잇길

는 무식한 사람들이다. 세상에 태어나지 않았어야 할 괴물들이다. 사람이 돈을 부리는 주인이 되어야 할 텐데, 돈이 사람들의 마음을 잡고 흔들며 갑질이라는 아주 특별한 적폐현상이 나타난 것이다.

돈이 많거나 없거나 태어날 때 기본적인 인격은 누구나 같은데, 돈이라는 무기로 그 인격을 무시해 버리는 물질만능주의, 출발하는 항공기를 세워서 승무원을 머슴처럼 생각하고 비행기에서 내리게 하는 오만함, 돈을 주고 홍보를 맡겼다고 손톱 밑에 때만큼도 못하게 다루면서 고성과 욕설을 퍼붓고 물 컵을 던져 화풀이하는 오만의 극치.

이건 어머니의 가정교육에 문제가 많아서 생긴 일이다. 이런 부모 밑에서 자란 자녀들은 보고 배운 것이 오만가지 갑질 뿐이니, 험악한 일을 서슴없이 하고도 양심에 가책을 느끼거나 부끄러워 할 줄 모르는 괴물이 된 것이다.

평생 힘들게 장사해서 아끼고 저축한 돈을 불우한 이웃들에게 기증한 어떤 할머니가 했던 말이 아직도 귓전에 맴돌고 있다.

"자신이 여유로울 때 남을 돕는 것은 진정으로 돕는 것이 아니요, 자신도 어렵지만 그 어려운 와중에 남을 돕는 것이 진정한 이웃돕기의 마음"이라고. 이런 생각을 갖게 하는 것은 어릴 때부터 말과 행동과 삶속에서 스스로 느끼고 깨우치게 하는 부모의 가정교육에 달려있다.

선량하고 순수한 사람들이 이 사회를 움직이는 동력이 되어야 할 텐데, 불행하게도 뱃속에는 온통 오물로 가득 채워진 돈 많고 무식한 졸부들, 기본적인 인성교육을 받지 못한 사람들이 판을 치고 있는 잘못된 사회가 되어가고 있으니 불행한 일이 아닐 수 없다.

밝은 사회가 되려면 가정에서도 학교에서도 인성교육부터 가르쳐야 기업이, 사회가, 대한민국이 바로 설 수 있을 것이다.

사랑과 증오의 사잇길

언제 어디서든

꿈이 많고 패기만만하던 고등학교 3학년 시절, 교실에 급훈이라는 글이 벽에 걸려 있었다. 그 당시 담임은 배사현 선생님으로 학생들에게 인자하시고 말씀도 많이 하시는 분이 아니었다.

선생님이 앞으로 세상을 살아가면서 인생의 지침으로 삼도록 걸어놓은 훈시 같은 말씀은 '언제 어디서든 너의 양심에 부끄럽지 않은 일을 하라'는 글로 학생들의 머릿속에 심어 주기위한 것이었으리라!

지금 생각하면 이글이 급훈으로 교실 전면에 분명히 걸려 있었다고 기억하고 있지만 많은 세월이 흘러 그때의 표현이 맞는지 내 자신도 의심스러울 때가 있다. 사람들의 양심은 어디서 나오는 것일까? 자기 자신으로부터 나온다는 것을 알고 계셨기 때문에 우리 반 아이들에게 이것만큼은 꼭 심어주고 싶었던 것 같다.

선생님은 항상 소박하고 검소하게 살면서 학생뿐만 아니라 주위의 모든 사람들에게 모범이 되셨을 것이다. 사춘기 우리에게 많은 영향을 주셨던 말씀들을 생각해보면 사도의 표상으로서 그분의 삶을 미루어 짐작할 수 있게 한다.

나는 고등학교를 졸업하고 수많은 세월이 지나간 지금에도 그때의 급훈을 잊지 않고 마음속에 깊이 간직하면서 살아왔다. 직장에 있을 때나 사업을 할 때나 이제 글을 쓴다고 어설픈 첫발을 내딛었을 때나 머릿속에는 내 양심에 부끄러운 일을 하지 않았나? 그렇게 뒤를 돌아보게 만든 급훈이었다.

선생님이 우리에게 가르치고자 했던 것들이 이런 게 아니었을까? 사랑이니 정의니 하는 인간관계를 가지면 사람이 행동하거나 판단할 때에 마땅히 따르고 지켜야 할 가치 판단의 기준이 생기기 마련이다. 양심에 부끄럽지 않게, 성실하고 정의롭고 겸손하고 지혜롭게 살고자 노력했던 것은 모두가 선생님이 내건 급훈이 우리에게 심어준 교육 때문이라 생각한다.

지금은 이미 고인이 되신 선생님의 깊은 뜻이 있는 글이 내 머릿속에 기억되고 있는 까닭은 우리가 사는 이 사회가 너무나 삭막하기 때문이다. 속이고 속는, 양심이란 말은 이제 귀한 단어가 되었다. 모든 사람들이 다 그렇지는 않지만 근묵자흑, 먹을 가까이하는 사람은 검어진다는 뜻으로 나쁜 사람과 가까이 지내면 나쁜 버릇에 물들기 쉬우니 마음이 쓰이고 걱정이 된다. 우리 담임선생님이 그랬던 것처럼!

부도덕한 사회, 정직하지 못하고 진실성이 없는 사회, 신뢰가 땅에 떨어지고 아무도 믿을 수 없는 사회 이런 사회현상이 사람들 머릿속에 잠재의식으로 남게 된다는 것이다. 우리는 더불어 살아가야 하는데 우리 아이들이 사는 사회가 자꾸만 이렇게 변해서는 안 된다는 생각이다.

그때 그 시절 선생님의 훌륭한 가르침 때문에 그래
도 우리세대 사람들은 양심 하나는 꿋꿋하게 지키려
고 노력하며 살아왔다.
이 인성교육은 어렸을 때 가정에서 학교에서, 머리
에 주입하는 것보다 가슴에 새겨 평생을 간직할 수 있
도록 하는, 교육의 중요성을 말하고 싶은 것이다.

2부 세속에 묻혀 아름답게

쉐다곤 파고다 사원

'운명아 비켜라. 내가 간다.'라는 말은 모진 고난과 고통을 받더라도 자기 운명에 순응하면서 고난을 극복하는 것이 명운에 적극적으로 도전하는 훌륭한 삶을 산다는 뜻이리라.

슬픈 이별

　우리는 수많은 사람들과 만나고 헤어지면서 일평생을 살아간다. 때로는 좋은 사람들을 만나 행복하기도 하지만 잘못하면 못된 사람들을 만나 험한 세상을 살아야 할 때가 있다.

　나에게도 가슴 아픈 이별이 있었다. 그 고통은 기억 속에서 지워지지 않고 지금까지 되새김한다. 공직 생활을 하면서 먹고 살기도 어려웠던 시절, 나보다 훨씬 나이가 많았던 영감님이 사무실을 찾아온 것은 점심을 먹고 난 뒤 잠깐의 휴식시간이었다.

　사연인 즉 선친의 묘역이 주위 사람들과 분쟁이 생

겨 원만한 해결을 희망하는 민원사항이었다. 옷을 후줄그레 하게 입은 그분은 조용한 성품에 말도 적은 편이었다. 영감님은 일본에 오래 살고 있다가 귀국해서 고향을 찾았는데 선친의 묘역이 거의 파헤쳐지고 주위 사람들이 밭으로 만들어 농사를 짓는다고 했다. 반드시 찾아서 묘역 정화작업을 하고 싶다는 것이다.

민원 해결을 위해 현지에 가면서 그동안 영감님이 살아온 삶에 대한 이야기를 조용히 들려주었다.

일본에서 오래 살았고, 결혼도 하지 않은 채 종교에 빠져서 지금까지 살아왔다는 이야기와 자기는 목화씨를 가져온 문익점의 21대 자손이라는 말, 이름은 문재경이며 지금은 혈혈단신 집도 가진 돈도 없어 광주시 학동 노인복지시설에서 생활한다고 했다.

민원사항은 현지에서 묘역의 경계를 찾아 주위 사람들에게 설명하고 그들이 이해하여 큰 문제없이 해결되었다. 그렇게 영감님과의 만남은 끝이 난 것으로 알았다.

며칠 뒤, 그분은 민원해결에 고마움을 표시하며 아이들에게 갖다 주라고 과자봉지를 들고 사무실을 찾아왔다. 노인복지시설에서 외롭게 살면서 얼마나 사람들의 정이 그리웠는지 이해가 가는 부분이었다. 영감님은 자기와 성씨와 항렬이 같은 나에게 마음이나마 의지하고 싶은 생각이었던 것일까?

　내가 어디에 사는지 꼬치꼬치 물어 아내와 딸 둘, 아들 하나, 이렇게 사글세 단칸방에 살고 있는 우리 가족을 자주 찾아왔다. 꼭 손에는 과자 봉지를 들고…….

　물론 집을 찾아 올 때마다 적은 돈이지만 용돈 드리는 것을 잊지 않았다. 그렇게 몇 개월이 흘러가고 있던 어느 날이었다. 가진 돈도 없을 텐데 과자를 들고 찾아오는 영감님이 부담스러웠다.

　"영감님, 무슨 돈이 있어 과자를 사오세요."

　"그래도 어린애들이 있는데."

　"제가 부담스러워요."

"여기 애들 보고 있으면 즐거워."

"오시는 것은 좋은데 앞으로 돈은 쓰지 마세요."

이렇게 대화는 끝이 나고 영감님은 노인복지시설로 돌아갔다. 얼마나 정이 그리웠으면 우리 집에 왔을까? 그분을 생각하면 마음이 아파오곤 했다. 세월은 흘러가고 영감님의 발길은 계속되었다. 그의 손에는 언제나처럼 과자 봉지가 들려 있었다.

"이제 과자 그만 사오세요."

"괜찮아. 내가 사오고 싶으니까."

"부담스럽다고 말씀드렸지요. 앞으로 돈 쓰실려면 찾아오지 마세요."

순간 하지 말아야 될 말을 하고 말았다는 생각이 들었다. 영감님의 얼굴빛이 변하며 슬픔으로 가득 차오르는 것 같았다. 아차, 하는 순간 말을 뱉어 버린 후 후회했지만 되돌릴 수는 없었다.

영감님이 오는 것이 싫어서가 아니고 없는 돈을 쓰지 않게 하려고 진심으로 한 말인데 순간의 잘못된 생

사랑과 증오의 사잇길

각이 다시는 우리 집으로 발걸음을 옮길 수 없도록 만들어 버린 것이다. 그 뒤로 그분은 발길을 끊었다.

한 번쯤 다시 오지 않을까? 기다려지는 마음이었지만 영영 오지 않을 것이라는 생각이 들었다.

두 달이 지난 뒤 그분이 계신다는 노인복지시설을 찾아갔다. 옛날처럼 과자 봉지를 사들고 찾아 오셔도 좋다는 말을 하고 싶었기 때문이다.

복지시설 직원에게 영감님은 어디 계시냐고 물었을 때 대답은 돌아가셔서 시립묘지에 안장했다고 했다. 가슴이 덜컥 내려앉았다.

그리고 죄책감으로 인해 눈물이 흘러내리고 있었다. 나의 세치 혀가 내뱉은 말이 그분에게 치명적인 상처를 주었고 절망감에서 이 세상을 떠나신 것은 아닐까? 우리가 사는 사회에서 영원한 것은 없다. 기쁨, 슬픔, 사랑, 젊음, 불행의 고통까지도 영원하지 않다.

시립묘지에 묻힌 영감님을 찾았다. 그리고 용서를 빌었다. 하늘 저 멀리 과자 봉지를 들고 웃고 있는 모습이 보이는 것 같았다.

혈혈단신 세상을 살아오신 그분, 얼마나 가족이라는 울타리가 부러웠고 정이 그리웠으면 그렇게라도 함께 하고 싶었을까? 묘지 앞에서 눈물을 흘리는 자신을 보면서 내가 살아온 삶에 가장 슬픈 이별이라고 생각되었다.

앞으로 살아가는 동안 이런 실수를 절대 해서는 안 된다고 다짐하면서 영감님이 이승에서 불행했지만 반드시 저승에서는 가족과 더불어 꼭 행복하기를 진심으로 빌어드렸다.

사랑과 증오의 사잇길

짓궂고 혹독한 스승

인간이 세상에 태어나면서 굴곡진 길을 걸어가는 사람이 있는가 하면 평탄한 길을 걷는 사람도 있다. 늙으면 요양원을 거쳐 죽음의 길을 걷는 것이 우리들이 가야 할 길인 것이다.

그 길을 걸어 갈 때 반드시 잘 가르쳐 인도해 줄 수 있는 스승이 필요하다. 사회에 적응해 살아가려면 무엇인가 배워야 하기 때문이다.

우린 어린 시절 부모님으로부터 배움의 영향을 가장 많이 받는다. 아직 자기 생각이 옳고 그른지 판단할 수 없는 어린 나이이기 때문에 주위 사람들이 하는 것을 보고 배운다.

어릴 적, 술을 많이 마시는 아버지를 보고 자랐다. 매일 술에 취해 엄니와 자식들에게 아무런 이유도 없이 손찌검을 일삼았던 술주정을 보면서 어린 가슴이 미어지는 것 같았다.

공무원 신분이었던 아버지가 무엇 때문에, 어떤 부분이 마음에 들지 않아 술과 담배로 마음을 위로 받고자 했는지! 왜 그렇게 자신을 학대해야 했는지! 만취한 술기운 때문에 이성을 잃고 가족들에게 행패를 부렸는지 어린 마음으로는 이해 할 수 없는 일이었다.

술과 담배로 위태롭게 삶을 지탱하셨던 아버지의 고달팠던 인생을 마음속으로 이해하려고 했지만 지금도 알 수 없는 수수께끼다. 술에 취하지 않았을 때는 말수도 없고 인자하기 이를 데 없었는데 무엇이 잘못되어 험악한 술버릇이 생겼는지 알 수 없었다.

그런 아버지를 보고 동네사람들은 "너희 부친은 술

을 안 먹으면 처녀 같은데 술만 먹으면 완전히 다른 사람으로 돌변한다."고 극과 극을 달리는 성품을 이야기하기도 했다.

언제나처럼, 술 주전자를 손에 쥐어주며 외상술을 받아 오라는 아버지가 원망스러웠다. 그로 인해 나의 어린 시절은 좌절과 절망의 시간들로 채워져 갔다.

집안 살림에는 아무런 관심이 없고 술과 담배로 인생의 즐거움을 만끽했던 그런 아버지를 이 세상에서 가장 불쌍하다는 생각을 하고 살았던 어린 시절이었다.

감수성이 예민했던 시기에 그런 행동과 모습을 보면서 내가 성인이 되면 담배를 피우지 않고 술을 먹고 실수하는 일 만큼은 절대 하지 않을 것을 마음속에 굳게 결심하는 계기가 되었다.

인간이란 태어나면서부터 늙어서 죽음을 맞이할 때까지 늘 배움의 연장선상에서 살아간다. 배움도, 배워야 할 것과 배우지 말아야 할 것을 분명히 구분 할 줄 아는 것이 지혜라고 생각된다.

'아들아 너는 술을 먹지 마라. 담배도 피우지 마라. 그리고 술을 먹더라도 나처럼 실수는 절대 하지 마라.' 는 가르침은 아니었을까?

  아버지는 배우지 말아야 할 것을 몸소 실천으로 가르쳐 준 짓궂고 혹독한 나의 스승이었다는 것을 알게 된 것은 먼 훗날 마음속의 증오가 사라진 뒤였다.

  이제 머리가 하얗게 변해버린 황혼에 접어들면서 돌아가신 아버지를 그리워한다.

사랑과 증오의 사잇길

아들과의 전쟁

할아버지가 아버지를 낳고 아버지가 나를 낳으셨다. 나도 아들을 낳았다. 그 아들은 물어뜯고 싶을 정도로 예쁜 손자를 낳아 줄 것이다. 인간이란 이렇게 계속해서 대(代)를 이으며 살아간다.

가정이라는 포근한 삶의 보금자리에서 다양한 희로애락을 느끼며 그 세월을 알콩달콩 살아가는 것이 인생이다. 그런 삶 속에서 나는 가끔 아들과 전쟁 아닌 전쟁을 한다. 아들이 아버지인, 나보다 엄마를 더 좋아하기 때문이다.

갓난아기 때부터 엄마젖을 먹고 자라 아련하고 다정하고 따뜻함으로 지금껏 감싸주었기 때문에 아무래도 아버지 보다는 엄마가 정이 마음속 깊이 들었을 것이다. 하지만 말하지 않고 가슴속으로 늘 걱정하고 사랑하는 마음은 어쩌면 제 엄마 사랑 못지않게 크고 깊다는 것을 알아주었으면 한다.

헌데 녀석은 제 엄마에게 쬐끔만 소홀하거나 잘못한다고 생각하면 시비를 걸어온다. 왜 엄마를 고생시키느냐고……

"아부지."

"왜."

"엄마 고생 그만 시키랑께."

"고생 엄청 많이 하는 것 같제."

"그럼 아니여."

어릴 때부터 너무 예뻐 마음을 모두 주었더니 이제 훌쩍 커서 결혼까지 한 아들 녀석이 다 늙은 아버지에게 친구처럼 반말을 지껄인다. 그러나 밉지 않고 더 사랑스러운 것은 엄마의 살을 깎고 아빠의 피를 받은 아들이라서 그런지 더 살갑고 정이 간다.

지금까지 엄마는 자기 인생은 없고 가족들만 바라

보고 희생하며 살아왔다. 이제 나이 들어 건강도 예전 같지 않으니 신경을 많이 쓰라는 것이다. 죽도록 고생만 하시게 할 수는 없다면서 아빠는 엄마를 위해서 무엇을 해주고 있느냐고 따진다. 할머니도 아프신 줄은 알지만 이제 엄마도 좀 돌보시라고. 가끔 이런 말로 나를 협박하고 위로하며 설득하려든다.

아들이 챙기는 제 엄마는 내 마누라다. 어찌 그 사람 고생을 모르겠는가. 사실 늙은 시어머니를 모시고 살아가는 며느리는 엄청 고생을 많이 하게 되어있다. 불편한 몸을 보살펴야지 어린애로 돌아가 어리광 부리는 것을 받아주려면 정신적인 스트레스가 이만저만이 아닐 것이다. 굳이 고부간의 갈등을 말하지 않아도 아내가 겪는 고통은 짐작하고도 남는다.

사람들이 삶이라는 인생의 진행 과정을 보면 너, 나 없이 모두 힘들게 살아간다. 그 삶의 무게를 감내하고 묵묵히 걸어가는 것이 인생살이가 아니던가.

자기의 삶을 다른 사람이 대신 짊어 질 수는 없다. 모든 사람이 다 각자의 몫만큼 책임져야 하기 때문이다. 현실을 알고 지금 이 시간에 만족할 줄 아는 사람이 현명하고 행복한 사람일 것이다.

사실 나도 아들에게 하고 싶은 말은 많다.

"아들아."

"왜."

"너는 니 엄마가 좋제."

"엄마보다 더 좋은 사람이 어디 있어?"

"그러냐? 이 아빠도 할머니가 그렇게 좋아! 왜 그런지 아냐? 아빠의 엄마니까."

"아들아, 니 엄마 고생하는 것 마음이 아프겠지만 할머니도 잘 보살펴 드려야 한다."

아들이 엄마를 생각 하는 것은 이 세상 모든 자식들이 같은 마음을 갖고 있다.

나도 내 어머니의 사랑은 깊은 못처럼 너무나 깊고 하늘처럼 높아 차마 그 사랑을 다 가슴에 쓸어 담지 못했음이 항상 마음이 아프다.

아들과의 논쟁은 죽는 날까지 계속될 것이다. 그러

나 이 모두가 가족을 사랑하기 때문이라는 것을 잘 알기에 항상 포근한 정으로 간직되어 영원히 가슴속에 남아 있을 것이다.

돈과 바꾼 양심

사회생활을 하다보면 본의 아니게 또는 고의성을 가지고 진실과 거짓을 적당히 섞어가면서 살아간다. 이렇게 거짓과 진실 사이에서 상대방에게 피해를 끼치는 사람들에 대해서 어떤 시선으로 평가해야 할 것인가 참으로 구분하기 어렵다는 생각을 해본다.

살다보면 생각하지도 못 했던 일을 당하기도 한다. 좋지 못한 사고이건 불행한 큰일이건 그날의 일진이고 자기의 운명이라면 운명일 것이다. 그런 일이 생기면 어떤 사람은 그러려니 하고 순응하는 사람이 있는가하면 그 불행을 헤쳐 나가려고 안간 힘을 쏟기도 한다.

어느 날, 내리막 경사로에서 신호 대기 중 브레이크가 풀려 앞차를 살짝 건드리는 사고가 발생했다. 감각적으로 느끼지 못한 미세한 접촉이었는데 차에서 늘씬한 삼십대 초반의 세련된 여자가 목이 아파 견디지 못하겠다는 표정으로 내린다. 부딪친 곳이 눈으로 보아서는 찾아 볼 수 없을 만큼 아주 미세한 접촉이었는데 무슨 속셈으로 목이 그렇게 아프다고 하는지 위자료를 많이 받기위해 연극을 하는지, 조화를 부리고 싶은 마음인지 황당했다.

며칠 후, 목이 아프다던 여인은 입원해서 보험회사로부터 위로금도 받고 흠집이 보이지 않는 승용차를 많은 돈을 들여 수리했다는 통보 문자가 왔다. 상대방의 마음을 아프게 한다기보다 화가 치밀어 올라 참기 힘들었다.

생활고에 지친 사오십 대 남자라면 그러려니 하겠지만 고급 승용차에 손톱에는 보석을 하나씩 올려놓은 멋을 부린 아직 세파에 때도 묻지 않았을 것 같은 젊은 여인이 이런 파렴치한 일을 수치심과 양심의 아

무런 갈등도 없이 바로 행동에 옮길 수 있다는 것에
더 많은 충격을 받았다. 돈과 인격을 바꾸어 버린 그
녀를 보면서 한탄스러운 이 사회를 고발하는 시 한 편
을 써서 내 마음을 위로하고 싶었다.

부끄러운 양심

오늘/ 일진(日辰)이/ 안 좋으려나

신호대기를/ 하다가

발목에/ 힘이 풀려

앞차를/ 살짝/ 건드리고/ 말았네

삼십 세가/ 조금 넘은

얄미운/ 아주머니

고개를/ 붙들고/ 차 밖으로/ 나오더니

목이/ 아파/ 금방/ 죽겠다네

부딪치는/ 감각도
느끼지/ 못했는데
일주일/ 입원비/ 백오십만 원
부딪친/ 흔적 없는/ 차 수리비/ 백오십만 원

돈으로/ 넓은 뱃속을/ 다 채우려나
부끄러운/ 양심은
어둠속으로/ 숨어버렸네

어찌 보면 험난한 인생길에 짧은 순간 잘못된 생각
으로 주위 사람들의 마음을 다치게 한다면 자기 자신
도 반드시 가슴 아픈 일을 당하게 될 것이다. 그것은
불교에서 말하는 인과응보이고 자기의 잘못된 죗값을
받아야 하는 업보이기 때문이다.

사람과 사람 사이에는 갈등이 존재하기 마련이다.
각자 가진 가치관과 이해관계가 다르기 때문이다. 어

떻게 이러한 선과 악의 갈등을 이겨내고 인간답게 살 수 있을지 고민하면서 살아야 하지 않을까? 돈과 맞바꾼 그녀의 양심은 영원히 암흑 속에 묻혀 따뜻한 인간의 정을 받지 못하리라.

정이 그리운 서리

　사람들은 함께 모여 서로 정을 주고받으며 더불어 살아가야 훈훈한 사회 분위기가 조성되고 사랑보다 정이 우선이라는 말도 생겨나지 않았을까 생각된다. 정을 빼고는 사람들과 함께 할 수 없음이다. 이 세상을 살아가면서 정 때문에 울고 웃었던 일들이 얼마나 많았던가, 살아볼만 하다는 것은 서로 간에 나누는 정 때문이리라.

　배가 고팠던 그 옛날에 정이라는 이름으로 훔치는 일들도 생겼다. 장난삼아 떼를 지어 남의 집 닭장을 덮치는가 하면 허리가 휘어지도록 괭이와 삽질을 하면서 고생해 심어 놓은 수박을 훔치는 일이 많았다. 이렇게 도둑질 하는 것을 '서리'라 미화시키며 사람들의 마음을 상하게 할 때가 있었다.

서리라고 하면 '떼를 지어 남의 곡식이나 수박, 과일과 닭 등 장난삼아 도둑질 하는 것'이라고 했다. 칠흑같이 어두운 밤에 밭고랑을 잘 정리해서 심어 놓은 수박 밭에 재미로 서너 명이 조용히 침입한다.

원두막에서 도둑을 지키던 순박한 농사꾼 주인은 일 년 농사를 망칠까봐 가슴을 졸인다. 캄캄한 어둠속에서 수박 서리는 시작되고 도둑 낌새를 알아챈 주인은 조용히 헛기침을 한다.

"어떤 놈이냐?"

큰소리로 외치고 싶지만 고삐 풀린 망아지처럼 수박밭을 이리저리 뛰어 다니면 지금까지 정성들여 키워왔던 수박이 쑥대밭이 되고 말겠지. 마음속에서 불덩어리가 치밀어 올라와도 참아야 된다. 그리고 조용하고 점잖은 목소리로,

사랑과 증오의 사잇길

"거기 누구시요."

도둑은 대답이 없다. 밭고랑에 납작 엎드려 숨을 죽인다. 주인이 쫓아오면 무조건 36계 줄행랑이다. 수박밭 주인의 애절한 목소리가 들려온다.

"잘 익은 거 한 개만 따가지고 조용히 나가시오."

거기에 떨리는 목소리로 한마디 덧붙인다.

"캄캄하니까 뛰지 말고 천천히, 수박 안 다치게……."

주인이 쫓아오기라도 하면 어린 도둑들은 겁에 질려 잘 익은 수박을 짓밟아 버리고 도망갈 것을 염려한 농부의 가슴 터지는 하소연이다.

주인아저씨는 상한 속마음을 어떻게 달랬을까? 서리라고 해야 먹을 만큼만 따니까 많아야 한두 개 정도가 전부였다.

장난이라는 서리꾼 도둑과 주인 사이에 애가 닳은 한판승이다. 귀뚜라미 우는 소리에도 가슴을 조아리며 슬금슬금 수박밭을 빠져 나오면서 짜릿한 쾌감을 느꼈을 어린 도둑들, 그때는 수박밭 주인과 도둑떼 간에 웃지 못 할 일들도 많았을 시기였다.

서리를 재미로 알았던 어릴 적 서리꾼들 중에는 자기 아버지가 힘들게 가꾸어 놓은 수박밭이나 참외밭으로 가서 서리를 하거나 자기 집 닭장에서 닭을 잡아오는 엉뚱하고 우스꽝스러운 일들로 많았다고 한다.
도둑인가, 장난인가 배고픈 시절에 있었던 잊지 못할 소중하고 그리운 추억이다.

지금 각박한 이사회에 서리꾼이 있다면 그들은 영락없이 도둑으로 몰려 엄청난 대가를 치르게 될 것이다. 옛날 정을 훔치던 서리꾼이나 주인사이에 잔잔히 흐르던 정은 다시는 찾아 볼 수 없는 아름다운 풍광이며 넉넉하지는 않았지만 행복했던 시절의 그리움이다.

액땜은 액막이로

산다는 것은 참으로 고행이다. 오랜 세월을 살면서 어느 땐가는 순탄한 평지를 걸어갈 때가 있는가 하면 한순간에 험악한 가시밭길을 걸을 때가 많이 있다.

그리고 수많은 난관에 부딪치면서 항상 위험에 노출되어 있어 하는 일이 잘 풀리지 않고 꼬이기만 할 때 인간의 힘으로는 해결할 수 없다고 생각한다. 그것은 우리들이 예측할 수 없는 삶을 살고 늘 한결같지 않고 변하기 때문에 헤쳐 나가기가 더욱 힘이 드는 지도 모른다.

그 길은 거친 파도가 휘몰아치기도 하고 험한 준령이 되기도 하지만 어쨌거나 어려움도 슬기롭게 넘어야 할 산이다. 험한 길을 가는 방법은 사람마다 다르다.

대부분의 사람은 부딪친 난관을 극복하기 위해 열심히 있는 힘을 다해서 앞으로 나가지만 일부의 사람들은 의지할 수 있는 대상을 찾게 되는데 그 방편으로 액막이를 생각하기도 하고 종교에 의존하는가 하면 대대로 내려온 토속신앙에 기대기도 한다.

토속 신앙은 그 지방에 내려오는 고유의 신앙이다. 당산나무에 새끼줄로 꽃단장을 하고 액을 좇으려는 무속신앙, 무당이 음식을 차려 놓고 액막이굿을 하고 음식물들을 땅위 여기저기에 뿌려주면서 자신에게 닥쳐올 액을 막아 달라고 염원하기도 한다.

어쩌면 우리들의 약한 마음을 다스려주고 위로 받는 하나의 관습이 아니었을까 생각된다. 액땜은 '앞으로 닥쳐올 액을 다른 가벼운 곤란으로 미리 겪음으로서 무사히 넘기는 것'이라고 했다.

예로부터 시골에서는 정월 대보름에 제를 지내 액

막이를 하고 쥐불놀이로 풍년을 기원했다. 우리 주변에서 액땜을 했다는 말을 흔히 듣고 말하지만 그것은 사람들이 살아가는데 그냥 손을 놓고 있기보다는 그거라도 해보면서 위로 받는 하나의 방법이 아니었을까?

　가벼운 자동차 접촉 사고가 나도, 길을 가다가 넘어져도, 집안 물건을 도둑맞아도 액땜을 했다고 자신을 위로하기도 한다. 토속신앙을 믿는 사람들이 액막이나 산신기도를 드리는가 하면, 하느님을 믿는 사람들은 기도를 드리고 무슨 일이 잘 되어도 잘못되어도 모두 하늘의 뜻이라고 자기 자신을 위로 한다.

　종교를 갖고 있지 아니한 무종교인들의 입장에서 보면 액막이로 미신을 숭배하는 사람들이나, 하느님을 숭배하는 사람들의 차이는 무엇일까 의구심이 생긴다. 드러내놓고 말은 하지 않지만 솔직히 액막이나 하느님을 의지하는 신앙인들 모두가 무언가에 의지하고자 하는 방법의 차이가 아닐까?

액막이는 액이나 귀신을 막을 목적으로 오랜 세월 내려온 우리 조상들의 신앙이었으며 자연과 교류하고 공감하는 하나의 방법이라고 생각된다. 결국은 풍요와 건강, 가정의 안정을 유지하려는 우리들의 의지처가 아닐까?

아버지 나 진짜 힘들었거든예

홀로 긴 여행을 하다보면 가끔 무료할 때가 있다. 그것으로부터 벗어나기 위해 태블릿 PC를 가지고 다니면서 옛날 영화를 반복해서 보는 습관이 생겼다. 좋은 영화는 여러 번 보아도 새로운 감동을 느끼기 때문이다. 이번에도 몇 년 전에 보았던 '국제시장'을 다시 보게 되었다. 육십 년 전 우리 민초들이 살아온 삶의 궤적을 과거의 회상과 현실을 고스란히 옮겨 놓은 영화다.

그때는 왜 모두들 그렇게 가난하게 살았던가!

영화는 부산 국제시장 꽃분이네 가게로부터 시작된다. 이제 몸과 마음이 늙어버린 주인공 부부의 선장이 되고 싶었다는 꿈, 그들이 살아왔던 세월을 회상한다. 흥남부두 철수작전, 생과사의 갈림길. 동생을 잃어버린 전쟁터에서 오직 살아남아야겠다는 주인공은 막순이를 부르며 절규한다.

"막순아."

피난살이를 위해 부산 국제시장을 찾아온 주인공은 전쟁의 비극 속에서 공부를 하고 싶었지만 가난 때문에 꿈을 이루지 못하고 오직 먹고 살기 위해서 몸부림쳐야 했다.

그는 보다 나은 삶을 위해 생명을 담보로 독일 광부로 떠난다. 거기에서 죽음의 순간을 체험하면서 파독 간호사를 평생의 반려자로 만난다. 근무기간이 끝나고 귀국한 그는 새로운 삶을 시작해보지만 인생의 괴로움은 주인공의 주변에서 떠나지 않는다.

지긋지긋한 가난에서 벗어나보고자 꽃분이 가게를 인수하기 위해 또 다시 베트남 전쟁터 건설기술자로 파견되지만 결국 한쪽 다리를 잃게 된다.

사랑과 증오의 사잇길

이렇게 일생을 전전긍긍하면서 암흑 같은 시간들을 견뎌내야 했다. 고생 끝에 행복이 온다고 했던가! 주인공 부부에게도 따뜻한 봄이 찾아왔건만 흥남부두 철수작전 때 잃어버린 막순이가 가슴에 응어리져 좋은 일에도, 나쁜 일에도 언제나 아프게 따라 다녔다.

삶에 대처하는 방법은 여러 가지가 있다. 그저 아무런 생각 없이 시간이 다하기를 기다리는 사람이 있는가 하면 모든 것엔 이유가 있음을 믿고 버티는 사람도 있다. 그런가하면 그 환경을 극복하기 위해서 속속들이 파헤쳐 기어이 그 존재의 이유를 알아내면 다시는 삶이 줄 고난과 모순에 고통 받지 않을 거라 생각하는 사람도 있다.

주인공 부부에게도 잊지 못하고 가슴에 응어리진 막순이를 찾을 수 있는 기회가 온 것이다.

어느 날, KBS 한국방송에서 이산가족찾기 '누가 이 사람을 모르시나요' 특별기획 프로그램이 생방송으로 진행되면서 페티 김이 부르는 노래가 애절하게 TV화면을 타고 잔잔하게 흐른다.

'누가 이 사람을 모르시나요. 얌전한 몸매에 빛나는 눈……'

흥남부두, 업고 있던 여동생 막순이를 놓치면서 어머니가 수를 놓아 지어준 찢어진 옷자락을 보관하고 있던 주인공은 우여곡절 끝에 미국에 사는 동생과 통화를 하게 된다.

혈육이라는 사실을 확인하는 과정에서 언어의 장벽을 느낀다. 한국말을 잃어버린 동생, 미군에 의해 입양된 사실과 귀 뒤쪽 목 부분에 사마귀가 있다는 것을 확인하면서 한국 전쟁의 비극이 눈물로 범벅이 된다. 동생은 "왜 나를 버리고 갔느냐"고 절규한다. 막순이가 찾아오고 어린손자가 불러주는 굳세어라 금순아 노래를 들으면서 영화는 끝이 난다.

"아버지, 나 진짜 힘들었거든예."

얼마나 힘들게 살아왔는지 동시대를 살아온 한 사람으로서 그의 고통이 살아서 내안에서 꿈틀댄다.

국제시장은 가족을 위해 자기의 모든 것을 희생하

고도 후회가 남는 삶을 살아온 암울했던 시기의 발자취이다. '힘든 세월에 태어나 이 세상풍파를 우리자식이 아닌 우리가 직접 겪은 것이 다행이었다고' 가족을 위해 멍에를 쓴 사람들의 순수하고 따뜻한 그 마음을 다스리는 독백이라고 생각된다.

지난 삶을 그려온 영화라서 가끔씩 즐겨보는 이유는 우리 세대가 살아온 발자취가 영화 속에 그대로 담겨 있고 지금과는 달리 내가 아닌 가족이 전부였던, 진심으로 정을 주고받는 그 시절이 그리워서다. 풍요로워진 우리나라에 이 영화가 남긴 삶의 교훈을 마음 속 깊이 새겨 결코 잊지 말아야 할 것이다.

가을에 찾아온 손님

현대 사회는 각종 공해로 사람들의 건강을 해친다. 그래서 깊은 산속 자연 속에서 병든 몸을 치유하는 사람들이 많이 생겨나고 있다. 자연은 우리에게 건강도 주지만 마음에 안정과 행복을 주기 때문이다.

나는 명지산 자락에 통나무 산장을 지어놓고 장산재(長山齋)라는 현판을 걸고 남은 인생을 그곳에서 행복하게 살고 있다.

산장에 가을이 찾아 왔다.

빨강, 노랑, 갈색의 낙엽들이 산장 잔디 위에 떨어져 바람에 이리저리 굴러다니면서 색채의 호화로움을

사랑과 증오의 사잇길

자랑하지만 사람들에겐 쓸쓸한 마음을 갖게 하는 계절이다.

가을 하늘은 유난히 높고 푸르러 바다 같은데 점점이 흩어진 구름들이 조각배처럼 흘러간다. 그렇게 낙엽이 수북이 쌓인 잔디 위에서 문우들이 써온 글을 읽고 푸짐한 수확을 하는 날이다.

동인집 교정을 끝내고 야외에서 불을 피워 석쇠에 전복과 소고기를 구워먹었다. 그 맛이란 먹어본 사람만이 느낄 수 있다. 그래서 이곳이 나만의 천국이 아니던가?

문우들과의 만남은 언제나 즐겁다. 웃고 노래하고 그렇게 행복을 누리다가 내 인생이 끝났으면 하는 바람을 가져볼 때가 많다.

산장은 아무나 들어오기 힘든 곳이다. 일반사람들이 차를 가지고 들어올 수 없도록 출입문을 만들어 놓았기 때문이다. 이곳 산장에서 지인들과의 만남이 있을 때만 손님을 맞이하기 위해 개방해 놓는다.

오늘도 장산재를 찾아온 문우들과 함께 즐거운 모임을 갖고 시간 가는 것도 잊은 채 이야기꽃을 피우고 있을 때 불청객이 찾아왔다.

부인과 아들을 동반한 그분은 출입문이 열려 있어 자동차를 운전하고 무조건 들어와 보니 공기도 좋고 주위 산세가 너무 아름다워 가슴이 확 트이는 것 같다고 했다. 그러면서 "이런 곳에 집을 짓고 풍광이 좋은 자연을 벗 삼아 글을 쓰면 얼마나 좋겠는가?"라는 말을 하면서 얼굴에는 웃음을 띠고 있었다.

자기의 희망이 오직 이런 곳에 집을 짓고 사는 것이라면서…….

그분은 시 쓰는 것을 무척 좋아한다고 했다. 쓸쓸하게 찾아온 가을, 낙엽들이 바람에 날리는 자연 속에서 글을 쓰는 분들이 모여 먹고 즐기는 모습을 보니까 너무 부럽다고 했다. 음식대접 받은 것을 거듭 고마워하면서 가족과 함께 산장을 떠났다.

늦은 밤에 핸드폰에서 문자 오는 소리가 들렸다. 오

늘 산장에서는 너무 즐거웠고 부러웠다면서 시 한 편
을 남겼다.

그곳에/ 시인이 산다
어쩌다/ 지나는 곳이 아닌/ 외길 깊숙한 곳에
오로지/ 꿈을 꾸는/ 시인이 산다
창밖 넘어/ 가을이
한없이/ 오고 있고
시인은/ 자지러지게
기지개를 켜고/ 맞이하고 있다

아스라이/ 먼 기억을
그래서/ 보일 듯한/ 산 넘어도
선머슴처럼/ 귀를 세우고/ 기대하고 있다

명지산/ 그 자락에
시인이 산다고/ 외치고 싶다

기성 시인 못지않은 훌륭한 시다. 시 쓰기를 좋아한다는 그분은 무엇을 노래하고 싶었을까? 옛날 시인 묵객들이 왜 풍광이 좋은 곳을 찾아드는지 어렴풋이 알 것 같다.

그는 깊은 산속에서 유유자적하는 이름 모를 시인에게 부러움과 대접받은 고마움에 화답하는 시를 보내온 것이다.

이것 또한 나의 즐거움이고 기쁨이지 않겠는가!

사랑과 증오의 사잇길

길흉화복의 운명

    사람은 태어나는 순간부터 타고난 운명대로 살아간
다는 생각을 갖고 있는 사람이 많다. 운명이란 '운수와
명수. 곧 인간을 둘러싼 선악, 길흉, 화복 등의 온갖
것이 초인간적 위력에 의해 지배되고 있다는 신앙 또
는 사상이며 앞으로 존망이나 생사에 관한 처지(處地)'
라고 기록되어 있다. 그리고 운명론이란, 모든 자연
현상이나 사람의 일은 선천적으로 정해져 있어서 인
간의 힘으로는 어쩌지 못한다는 논리이다.

    나는 일생동안 운명론을 믿으며 살아왔다. 즉, 내
운명은 태어나면서부터 이미 결정되어 있기 때문에
그것에 순응하면서 살아갈 수밖에 없다는 생각을 한

것이다.

　내가 초등학교에 다닐 때 우리 집에 사주 관상을 보는 사람이 찾아온 적이 있었다. 부모님께서는 아들의 장래가 궁금했던지 사주를 보았는데 그때 했던 말이 인생의 끝자락에 서 있는 내 귓가에 생생히 살아서 마음속에 잔잔한 속삭임으로 남아 있다.

　"이 아이는 어릴 때는 공부에 흥미를 못 붙이고 세월이 지나서야 후회하며 열심히 하고 싶지만 그때는 집안의 경제사정으로 못하게 된다. 그러나 늦공부가 터져서 언젠가는 최고 학부까지 졸업할 것이다. 경제적인 것도, 하늘이 내린 큰돈은 가질 수 없지만 적은 돈은 언제나 주머니에 갖고 다니면서 쓸 수 있는 사주 팔자를 타고 났다."는 말을 했다.

　이제 늙음이 내 몸과 마음을 감싸고 있는 시점에서 살아온 일생을 뒤돌아보니 공교롭게도 내 운명이 예언한대로 거의 들어맞게 삶을 유지했던 것 같다. 그동안 목표를 세우면 끈기와 집념으로 기필코 그 일을 이루어 내겠다는 용기와 근성, 끝없는 노력의 결과이리라. 만약 목표만 설정해 놓고 흐지부지 끝을 보지 못했다면 과연 운명대로 살 수 있었을까?

지금까지 뜻을 세우면 포기하지 않고 반드시 끝을 보는 노력이 없었으면 주위 사람들로부터 신뢰와 신망을 얻지 못했을 것이다. 그 믿음의 씨앗들이 내 인생의 텃밭을 풍성하게 만들었다고 본다.

인간은 고난과 고통 속에 살면서 의지가 강하면 잘 헤쳐 나갈 수 있지만 약하면 운수소관이라는 나약한 변명을 늘어놓으면서 좌절하거나 중도에 포기해 버리는 경우가 많다.

그와 반대로 '운명아 비켜라. 내가 간다.'라는 말은 모진 고난과 고통을 받더라도 자기 운명에 순응하면서 고난을 극복하기 위해 적극적으로 도전할 때 훌륭하게 살았다고 할 수 있을 것이다. 또 운명이라는 것도 자기 노력 여하에 따라서 삶을 만들어 가는 것이고 열심히 해야 좋은 결과를 얻을 수 있다.

백세를 바라보고 있는 우리 엄니가 입에 달고 다니

는 말이었다.

"이제 늙었으니까 죽어야 하는데 왜 죽지 않고 오래 살고 있는지 모르겠다."

그럴 때마다 나는 이렇게 위로의 말을 한다.

"엄니, 사람이 죽고 사는 것은 자기 맘대로 안 되는 것이여. 운명대로 사는 것이니까 앞으로 그런 말 하지 말어. 알았제."

사람이 일생동안 고민하는 것이 있다면 운명에 순응할 것인가? 아니면 싸워서 이겨야 할 것인가? 의문을 가지고 살아간다. 그러나 이 문제는 살아가면서도 영원히 풀지 못하는 수수께끼로 남을 것이다.

숙명적인 존재인 나는 오늘도 운수대통을 꿈꾸며 천운과 기수(氣數)를 바랄뿐이다.

'돈'의 유령

사회생활을 시작하면 제일 먼저 필요한 것이 '돈'이다. 돈이 있어야 사람노릇을 하며 살아갈 수 있기 때문이다. 화폐는 인간이 교환수단으로 만들어서 사용하게 되었지만 돈 때문에 죽어가는 사람들을 우리들 주위에서 흔히 볼 수 있다. 정신적으로 죽어가는 사람, 육체적으로 죽어가는 사람 등 그 유형도 여러 가지다.

도대체 사람들에게는 '돈'이란 어떤 존재인가? 삶에 있어 돈만큼 중요하고 필요한 것도 없지만 가끔은 사람들을 비참하게 만든다. 돈은 인간의 삶을 풍요롭게 하는 도구임에 틀림없다. 하지만 자칫 잘못하면 인간을 지배하게 되어 돈의 노예가 되는 사람들도 많다. 즉, '수전노'로 전락하고 마는 것이다. 그런 부류들은 돈을 쓸 줄 모르고 오직 모으는 데만 관심을 갖고 살아가는 사람들이다. 돈을 벌어들이기만 하고 쓰지 않으면 화폐 유통에 역기능 현상이 일어난다.

돈이란 유통기능이 있어야 하기 때문이다. 시장 경제 사회에서 공급과 소비가 균형을 맞추고 모든 사람들에게 적당하게 골고루 주어져야 한다. 돈이 돌고 돌아야 경제가 잘 돌아갈 수 있다. 즉, 벌어들이는 돈으로 적당히 소비를 해야 순기능 역할을 할 수 있으며 그렇게 함으로서 사회가 안정되고 삶의 질도 높아질 것이다.

카스레는 '돈은 말 없는 깊은 물속과 같다. 명예도 양심도 진리도 모두 그 속에 빠지고 만다.'라고 말하였다. 따라서 잘못하면 돈으로 인해 암흑과 같은 상태가 된다는 것이다. 밝은 세상에 살아야 할 사람들이 돈의 위력에 빠져 버린다면 삶에 어떤 의미를 부여할 수 있을까?

나는 문득 이런 생각을 할 때가 있다. '돈이 내 것인 줄 알았는데 어느 날 가만히 생각해 보니 돌아다니는 유령 같더라.' 돈이 태어난 곳은 '한국은행'인데 세상의 모든 사람들은 그것을 오로지 자기 것인양 착각하면서 살아간다.

수많은 사람들의 더러운 손때가 묻은 종이가 마치 자기 것인 것처럼……. 잠깐 자기 주위를 맴돌다가 금방 어딘가로 사라져 버리는 돈! 인간에게 온갖 수치심과 만족감을 주면서 유령처럼 돌아다니는 정체 모를 물체 때문에 사람들은 얼마나 울고 웃으며 살아야 하는가.

이처럼 돈의 유령을 잘 만나면 아주 높고 귀한 존재로 살아갈 수 있지만 잘못 만나면 일생동안 실체도 없는 유령에게 휘둘려 치를 떨며 살아야 된다는 사실을 알아야 한다.

돈으로 모든 것을 지배하려는 사회 현실 속에서 돈의 유령은 가난한 사람들의 편이 되었으면 한다. 가난한 사람들은 더 이상 가질래야 가질 능력이 없는 선량한 사람들이기 때문이다.

　그렇기 때문에 그림자도 없는 유령이 결코 부자들의 편이 되어서는 안 되는 이유이기도 하다. 돈이 많은 사람들 중에는 갑질하는 것을 자기들에게만 주어진 특권으로 생각하며 거만하게 행동하고 돈이 없으면 인격조차 무시하는 형편없는 사람들이 많다. 그들은 밝은 세상을 혼탁하게 만드는 사회악 같은 존재들이다.

　이렇게 돈의 유령은 사람들의 눈에 보이지 않고 실체도 없는 허구지만 그가 할 일은 미래에 이 세상 모든 사람들이 골고루 잘 살아갈 수 있도록 깨끗하고 밝은 사회를 만들어 주는 것이다.

3부 푸른 숲의 고요 속으로

고요 속의 산장

느낌을 글로 옮겨 쓰는 일은 누구와도 공유할 수
없는 커다란 즐거움이고 행복이다. 눈가를 촉촉하게
만드는 이 느낌이 싫지 않아, 나 아닌 많은 사람들도
삶의 마무리로 글을 쓰고 책을 내는지도 모른다.

푸른 숲의 고요 속으로

오늘도 깊은 산 솔숲을 한가로이 거닐면서 하루를 보내고 있다. 청솔은 가느다란 잎새마다 초록꿈을 가득품고 산새들 흥겨운 가락에 맞추어 싱그러운 솔향기 날리며 나를 반긴다. 숨 가쁘게 달려온 인생살이의 끝자락에서 뜻하지 않게 얻게 된 행복이다. 행복한 삶의 비결은 좋아하는 일을 하는 것도 좋지만 지금 하는 일에 충실하고 감사하게 생각하는 것이다.

태양은 높은 곳에서 뜨거운 열기를 발산하지만 이곳 숲속은 사랑스런 여인의 손길처럼 고요함과 시원함으로 나를 감싸 안는다. 조용하게 귀 기울이면 고라니의 애잔한 울음소리가 들린다.

평화롭고 순하게 생긴 놈들의 그 소리는 어쩌면 어린아이의 울음처럼 애간장을 녹이는 것이 가슴에 찡한 여운을 남긴다.

숲속 친구인 멧돼지는 길다란 주둥이로 먹이를 찾아 낙엽 떨어진 땅 속을 헤집고 다닌다. 밤에는 물웅덩이를 찾아 물도 먹고 목욕도 하면서 나름대로 만족하며 살아가는 것 같다.

먹을거리를 찾는 야생동물들이 점차 늘어나 농민들은 농작물을 망쳐 놓는 일이 자주 발생한다고 한숨 섞인 탄식을 하고 있지만, 그들도 우리와 같은 생명을 가진 존재이며 생태계 일원으로서 삶을 인정해 주는 것도 한 번쯤 생각해 볼 일이다.

새벽이 되면 여러 종류의 산새들이 자기의 존재감을 알리려고 청량한 목소리로 지저귀며 아침잠을 깨운다. 하루가 경쾌하게 펼쳐지는 것을 경험해 보지 않으면 그 진정한 의미를 알 수 없을 것이다.

사랑과 증오의 사잇길

시간도 내 자신조차도 잊어버리고 살아간다. 진하게 코끝을 자극하는 풀숲의 찔레꽃 향기도 나무 산딸기의 탐스러운 열매도 내겐 감당하기 어려운 행복으로 생각하고 감사한다.

어린 시절 산을 벗 삼아 굴러다니고 뛰어다니던 그때 추억이 사람들을 자연 속으로 이끄는 지도 모르겠다. 왠지 숲속에 서면 순수했던 시절이 기억나서 내 자신을 울컥하게 하는 이유이기도 하다. 숲에 있으면 생각이 단순해진다. 모든 복잡함의 마지막 단계가 단순함이 아닐까? 물욕도 명예도 자존심도 모두 비우고 놓아버리면 원래 상태로 돌아가서 단순함과 만날 수 있다. 이 생각 역시 자연과 함께 할 때 가능한 우리들의 행복이다.

행복이란 순간적으로 결정되는 것이 아니라 마음먹기에 따라 방향이 달라지기 때문이다.

하얀 머리의 노인이 되어 숲에 서보면 흘러간 강물은 다시 거슬러 올라갈 수 없듯이 흘러간 시간, 흘러간 인생도 되돌아올 수 없음을 새삼 느낀다.

어떤 의식이나, 이것과 저것의 경계가 사라지고 낙엽인지 바람인지 푸른 숲과 하나 됨을 느낄 때 삶의 흐름에 마음을 의지하면서 비로소 편안함에 닿을 수 있다. 인생은 일장춘몽이라는 말처럼 우리의 삶도 한순간의 꿈처럼 지나간다.

어제 일어난 일도, 내일 일어날 일도 중요하지 않다. 다만 오늘 지금 숲에서 마음에 만족을 얻는 이 순간이 내겐 행복이고 기쁨인 것이다.

역시 인간은 자연을 떠나서는 살 수 없다. 물고기가 물 밖으로 나오면 살 수 없듯이, 이렇게 인간과 자연이 서로 상생하면서 잘 살아갈 수 있다면 지구가 없어지지 않는 한 우리 인간의 삶도 영원한 행복을 보장받지 않을까 생각해 본다.

사랑과 증오의 사잇길

향기 그윽한 꽃

신록이 푸르러 오는 오월이 되면 유난히도 탐스러운 아카시아 꽃이 핀다. 나무 모양은 가시가 달려 인간과 가깝게 호흡할 수가 없다. 그러나 꽃향기는 너무 그윽하고 짙다.

그래서 사람들의 사랑을 받지는 못하지만 가끔 나처럼 이 꽃을 좋아하는 사람들도 있다. 아카시아 꽃이 필 무렵이면 어느 여인과의 슬픈 이별이 생각나는 오월이다. 인생길에 아픔을 준 그 꽃이 피어날 때 머릿속에 떠오르는 여인…….

오월 어느 날, 햇볕이 뜨거운 오후 시간이었다. 저

만치에서 여인이 걸어오고 있었다. 그리고 가까이 다가오는 순간 발길을 돌린 그녀, 분명 자기를 따라오라는 신호를 보내는 것 같았다.

자갈이 깔린 신작로를 지나고 제법 넓은 강을 건너 아카시아 꽃이 만발한 숲속으로 들어가는 여인의 뒷모습이 너무 아름다웠다. 뒤를 밟아 따라간 그곳은 짙은 아카시아 향내음이 콧속을 간지럽히고 있었다. 산천은 온통 푸른 초록색으로 물들어 가는 계절인데 시간이 흘러가는 감각을 잃어버린 채 많은 이야기를 나누었다. 어떤 말들을 했는지 생각나지 않는 그런 시간을 보낸 것이다. 그렇게 인연의 끈을 움켜잡는 시간이 시작되었다.

둘만의 시간을 오붓하게 갖은 뒤 길거리에서 만나면 살짝 미소를 지어주는 사이가 되었지만 언제나 아쉬움이 마음 한구석에 남아서 여운을 짙게 남기고 있었다.

갓 피어난 햇솜 같은 마음을 다 퍼주어도 뒤돌아서

사랑과 증오의 사잇길

면 미련이 남는 시간들 뒤로, 남자에게 찾아온 군 입대라는 피할 수 없는 현실 속에서 베트남 전쟁에 참전하게 되었다.

그곳에서 위문편지를 주고받으면서 점점 더 깊은 인연의 끈이 탄탄해 질수록 그리움으로 몸부림 쳐야 했다. 일주일에 한 번씩 날아오는 그녀의 짜릿한 마음, 그 속에서 즐거운 군 생활이 지속되고 사랑이라는 늪으로 한 발짝씩 빠져들었다.

사랑과 환희가 있으면 그 뒤에는 더 큰 실망과 절망이 찾아온다는 것도 모른 채, 6개월이 지난 뒤 위문편지는 끊기고 말았다. 무슨 일이 생겼을까 궁금했다. 그러나 머나먼 전쟁터에서 고국의 그녀에게 무슨 일이 있는지 전혀 알 길이 없었다.

그동안 보내온 웃고 있는 그녀의 사진과 잡지책 속에 곱게 갈무리해서 보낸 가을 단풍잎, 고향의 흙냄새를 맡아 보라고 보내준 여인의 마음, 목숨을 건 전쟁터에서 정작 나를 두렵게 만든 것은 그녀의 무소식이었다.

귀국하면서 제일 먼저 해야 할 일이 그녀를 만나는 것이었다. 자갈이 깔린 길을 지나 긴 철길로 이어지는 비탈진 고개 옆에서 만나자고 전화를 했다. 그리고 그동안 보내준 사진과 손때 묻은 장식물을 들고 만났다. 좋은 사람이 생겼다면 돌려주겠다는 마음으로……

그 옛날 아카시아 숲속을 생각했다. 다시 한 번 그녀의 마음속에 탐스러운 그 꽃이 피어나기를 기대하면서 미소 짓는 얼굴로 나타나 주었으면 하는 바람이었다. 이제는 인연의 끈을 절대 놓지 않겠다는 생각을 했다. 하지만 싸늘한 눈빛으로 다가왔다. 이미 결혼을 결심했다는 그녀에게 베트남 전쟁터로 보내준 사진들을 모두 돌려주면서 얼마나 가슴 아파 했던가!

그녀를 만나고 오는 길에 그 이름을 지웠다. 탐스러웠던 아카시아 꽃들과 내 것이 아닌 것들은 모두 지웠다. 그녀가 자리했던 그곳엔 상처만 무성하게 피어났다.

오월의 탐스러운 아카시아 꽃을 원망하면서 발길을 돌려야 했다. 그리고 50년이 흘러버린 어느 날, 우연한 장소에서 정말 우연하게 그녀의 오빠를 만났다.

지금은 어떻게 살고 있는지 궁금했다. 수많은 세월을 잊고 살았는데 현실 속에서 어떻게 살고 있는지 알고 싶다는 생각이 머릿속에서 상상의 날개를 퍼덕이고 있었다. 한 번쯤 만나보고 싶다는 것은 아직도 잊지 못한 첫사랑의 정 때문이었다.

십년이면 강산도 변한다는 세월이 다섯 번이나 흘러가 버린 뒤에도 여전히 설레는 마음으로 한적한 찻집에 마주 앉았다. 그러나 아름다운 젊음은 어디로 사라지고 삶에 지친 그녀가 내 앞에 초라하게 앉아 있었다.

그 옛날처럼 아카시아 꽃향기가 물씬 풍겨 주리라고 생각했던 마음이 볼품없이 시들어 버린 꽃을 보면서 인생에 허무를 느꼈다.

오랜 옛날 헤어지면서 꼭 행복하게 살아가길 진심으로 빌어주었는데 내 뜻과는 정반대의 현실 속에서 살아가고 있었다. 짧은 만남이었지만, 정인지, 사랑인지, 안쓰러움인지 모를 감정들로 마음만 어지러웠다.

세대를 이어 살아줄 아이들 셋이 모두 죽고 경제적인 여건도 풍족하지 못한 불행한 삶속에서 허덕이고 있는 것 같았다.

가슴이 계속 떨려 왔다. 이 현실 앞에서 어떻게 행복하게 살아갈 수 있도록 해줄 수는 없을까? 초라해진 그녀를 보면서 나는 어릴 적 소년처럼 안타까움에 가슴만 떨었다.

그녀와 두 번째 인연의 끈을 놓던 날 내 몸에서는 모든 힘이 빠져나가고 향기 그윽했던 아카시아 꽃잎이 바람에 흩어지면서 그녀와의 인연도 산산이 조각나 흩날리고 있었다.

사랑과 증오의 사잇길

아름다운 수국(水菊)

　우리들 주변에는 수많은 꽃들이 자기들 나름대로 그윽한 향기를 풍기고 은근히 아름다운 자태를 자랑하면서 존재감을 드러내고 있다.

　그 꽃들 중에서도 탐스럽고 복스러운 꽃이 수국으로 빛깔 자체가 신비스러워 고고(孤高)함까지 느껴진다. 색깔도 다양하다. 이 꽃이 특이한 것은 한자리에 서 있지만 물이나 토질에 따라 색상을 바꾼다. 누구의 마음을 휘어잡으려고 아름다운 색깔로 옷을 갈아입는 것일까?

　꽃말도 색상에 따라 제각각이지만 똑같은 꽃이 여

러 개의 꽃말을 가지고 있는 것도 드물 것이다.

흰색은 변덕이나 변심, 분홍색은 소녀의 꿈, 파란색은 냉정, 바람둥이, 보라색은 진심이라고 표현하고 있어 조금씩 다르다. 이렇게 아름답게 피어난 수국을 보면 이 꽃을 사랑하는 마음이 시심을 불러낸다.

수국(水菊)

파란 자주 흰색
토양에 따라
색상이 변하는
둥근모양의 탐스러운 꽃

꽃봉오리가 너무 예뻐
냉정, 무정, 거만, 교만을
상징한다네

사랑과 증오의 사잇길

초여름

아름다운 자태를

자랑하다가

겨울바람이 불어오면

꽃잎들은

땅바닥에 뒹구는

낙엽처럼

갈색의 흉한 모습으로

수국을 사랑하는

사람들의 마음을

슬프게 하네

싱싱하고 탐스럽게 피어 있는 수국이지만 때로는

변덕스러운 여인을 생각하게 하는 얄미운 꽃 수국, 그 꽃을 보면 아련한 아픔이 내 가슴을 흔든다. 여름이 오고 이 꽃이 피기 시작하면 결국 마음속의 추억 하나 때문에 혼돈의 시간을 갖게 된다.

아름다움을 자랑했던 꽃도 열흘 동안 붉게 피어 있는 꽃은 없다고 화무십일홍(花無十日紅)이라 했는데 가을햇살에 지저분하게 변해버린 수국을 바라보면서 안타까운 마음으로 그 꽃에 얽힌 사연을 기억해 낸다.

계절의 변화 속에서 화려했던 꽃송이가 한 없이 추하게 느껴지는 것처럼 인간도 세월 따라 늙으면 저렇게 흉측한 몰골이 된다는 것을 예측하지 못하고 내면에 가득 찬 욕심으로 그 싱싱함과 아름다움이 영원할 줄만 아는 어리석은 사람들이 의외로 많이 있다는 현실이 마음을 아프게 한다.

사랑과 증오의 사잇길

마음을 담은 선물

나이 들어가면서 글을 써보고 싶었다. 주변에 있는 것들에 의미라는 색깔을 입혀 생명을 불어 넣어 주고 평범함에서 진리를 찾고 싶었던 젊은 날, 바쁘다는 핑계로 하지 못했던 나의 사소한 행복들을, 하나하나 채워나가는 일은 쉽지는 않았지만 예전에 경험하지 못한 색다른 만족과 즐거움이 적지 않았다.

글을 쓰려고 앉으면 마음은 어느덧 고요의 끝으로 나가 영원의 길목으로 나선다. 아득하고 나만이 아는 길이 평온하게 펼쳐진다. 추억 속의 그 길 위엔 마음을 뿌리째 날려버릴 것 같은 날들도, 드러나지 않았지만 감당키 어려웠던 빛나던 일들도 다투어 달려 나와 마중한다.

그 느낌을 글로 옮겨 쓰는 일은 누구와도 공유할 수 없는 커다란 즐거움이고 행복이다. 눈가를 촉촉하게 만드는 이 느낌이 싫지 않아, 나 아닌 많은 사람들도 삶의 마무리로 글을 쓰고 책을 내는지도 모른다.

이렇게 글을 쓰는 분들이 자기의 고뇌와 정성이 담긴 책들을 보내주신다. 책을 받아 볼 때마다 살아온 길에 얼마나 많은 생각들로 이 책을 완성했을까? 이 소중한 책이 어떻게 나한테까지 전해졌을까? 그것이 마음 깊이 와 닿는 것은 내가 애써 출간한 책들을 보면서 더 깊은 감회가 있었기 때문이다.

오늘도 책 한 권을 받았다. 『원점에 서서』 전남도청에서 지사님으로 모셨던 전석홍 시인이다.

벌써 여섯 번째 시집을 출간하신 훌륭한 문인으로서 나이가 구십 세가 넘었는데도 감동적인 시를 다작(多作)하시는 것을 보면 존경스러운 생각이 우러나올 수밖에 없다. 책 표지 뒷면에는 '문수봉 시인님 혜존

사랑과 증오의 사잇길

(惠存) 2019년 1월 7일 전석홍'이라고 쓰여 있다.

책을 보내오는 모든 문인들이 이렇게 마음을 담은 선물을 포장해서 보낸다. 자기의 저서나 작품을 남에게 보낼 때 상대편 이름 밑에 '잘 보아 주십시오'라는 뜻으로 혜존이라는 말을 써서 정성스럽게 보내 주는 것은 모든 문인들의 한결 같은 마음이라고 생각된다.

이렇게 보내주는 책들이 일 년에 수십 권씩 쌓여 간다. 고마운 분들이 보내주는 책을 읽고 버린다는 것은 너무 잔인한 일이다. 책을 가지런히 정리해서 진열해야 하는데 마땅히 보관할 공간이 없는 사람들은 어떻게 처리하고 있을까? 궁금한 일이기도 했다.

그래서 매년 책상 위에 쌓여 가는 문인들의 책들을 잘 정리해서 보존할 수 있는 서고를 짓는 바람을 갖게 된 것이 벌써 몇 년째다. 그리고 그 일을 실현하기 위해 나름 많은 노력을 했다.

내가 살고 있는 산장 앞에 조그마한 나만의 도서관을 지어 비로소 그 꿈을 이루었다. 정성이 담긴 책들을 정리할 수 있게 된 것이다.

그분들이 혜존이라고 써서 보내주신 보물들이 제자리를 찾았다는 생각에 이제 편안한 마음으로 서고가 있는 장산재에서 여생을 즐길 일만 남았다.

어차피 인생은 바람이고 구름인 것을······.

명지산 물안개

　백두대간은 백두산에서 시작되어 동쪽 해안선을 흐르다가 태백산 부근에서 서쪽으로 기울어 남쪽 내륙의 지리산에 이르르며 우리나라 땅의 근골을 이루고 있다. 백두대간에서 뻗어 내려온 아홉 개 산줄기 중의 하나가 호남정맥 명지산 구간이다. 등산길이 잘 정비된 이곳을 종주(縱走)하기 위해 많은 등산 애호가들이 찾고 있다.

　푸른 숲은 맑은 공기를 제공하고 우리에게 건강하게 살아갈 수 있는 힘을 준다. 여기 소나무 숲이 우거진 곳에 덜렁하게 시비(詩碑) 하나가 서 있다.

삶을 한 발짝 물러서서 바라보는 여유로움과 가득 차지 않아도 넉넉해지는 풍요를 느끼고 싶은 마음, 이 소나무 숲에 자욱이 깔리는 물안개의 수시로 변화하는 모습과 푸른 숲을 바라보며 이곳을 잊지 말라는 생각으로 써 놓았던 시를 돌에 새기게 되었지만 어쩐지 외롭고 쓸쓸하게 보였다.

호남정맥 명지산 푸른 숲을 지키는 지킴이이고 등산객들에게는 캄캄한 바다에 등대처럼 길잡이가 되었으면 하는 것이 나의 소망이다.

명지산 물안개

아침 햇살이
나무사이로
쏟아져 들어오는
명지산 숲길

습기 찬 거미줄이
갈 길을 막고 있네

고라니가
이리저리 뛰어 놀고

바람은
눈썹을 가르며
숲길을 빠져 나간다

물안개가
연기처럼 밀려오면

호남 정맥 등산길엔
행복한 웃음
그 세월도 흘러간다

맑은 공기를 마음껏 들여 마시며 새벽 등산길을 오르다가 숲 사이로 아침햇살이 레이저 광선처럼 쏟아져 들어오는 것을 보면 행복한 마음은 덤이라는 생각이 든다.

정상 부근에 도착하면 이슬 머금은 거미줄이 얼굴에 와 닿고 어쩌다 고라니라도 만나면 반가운 인사를 나눈다. 산꼭대기에 오르면 바람이 시원하게 불어 눈썹을 휘날리며 솔숲을 빠져 나가는 것이 보인다. 한여름 비라도 내리려고 하면 하얀 비단 같은 안개가 산허리를 휘감고 정상을 향해 올라가는 것이 선녀가 춤을 추는 것처럼 아름답다.

백두대간을 등정하는 산악인들은 호남정맥 명지산 정상에도 올랐다는 족적을 남기기 위해 자기들의 산악회 이름을 리본에 새겨 달아 놓고 먼 훗날 흔적을 보며 행복한 웃음을 지을 것이다, 쉼 없이 흘러가는 세월의 강을 거슬러 올라가는 느낌으로……

이곳 깊은 산속에 세워진 '명지산 물안개'라는 시비도 산을 오르내리는 많은 사람들의 삶속에 오래오래 남아 흐르는 운무처럼 가슴을 촉촉이 적셔 주는 그런 존재로 오랜 세월 비바람에 잘 견디어 주었으면 좋겠다.

무단 침입자

산장의 여름은 혹독한 풀베기 작업과 함께 찾아온다. 뱀처럼 고개를 치켜들고 뻗어 나가는 칡넝쿨과 무성한 잡초 때문이다. 잡초를 베고 며칠이 지나면 또다시 우후죽순처럼 자라고 또 베고 나면 곧 잡초 밭이 되고 만다.

이번에는 더 무서운 말벌이 산장을 무단으로 점령하고 공중에서 윙윙거리며 시위를 한다. 한 달만에 찾아온 나에게 독침으로 위협을 하면서…….

왜 말벌이 접수한 집에 승낙도 받지 않고 들어오느냐고.

사실 말벌 하면 여러 종류의 벌들 중에서 공격성은

물론 자기 집을 지키려는 본능도 강하므로 접근하지 않아야 한다. 그런 말벌이 엄청나게 크고 화려한 안식처를 만들어 놓은 것이다.

　남의 집에 허가도 없이 집을 지어놓고 오랜만에 찾아온 주인을 우습게보고 공갈협박을 하는 말벌 집단이 괘씸하다. 그러나 어찌하랴 그들의 보금자리 인 것을! 내 생각대로라면 주객이 전도되었지만 벌들의 입장에서는 자기네들이 누려야 하는 자연 속에 끼어 살고 있는 인간을 침입자로 여길만 하지 않는가?

　문을 열고 방으로 들어가려는 순간 수직 낙하한 엄청난 크기의 말벌이 이마를 사정없이 쏘아 버린다. 벌겋게 부어오르는 이마를 어찌할지 몰라 하는데 이번에는 떼거리로 달려들 기세다. 재빨리 문을 닫고 안으로 들어가 위기를 모면 했지만 하마터면 황천길이 될 뻔했다.

　사람들이 흔히 봉침을 맞는다고 하는데 말벌은 일반 벌의 50배의 위력을 갖는다고 한다. 벌에 쏘이면 호흡곤란, 마비, 현기증, 구토, 의식상실 등 심각한 증상이 일어나므로 되도록 멀리 그리고 빨리 현장에서 도망치는 게 공격을 피할 수 있는 제일 좋은 방법이다. 벌을 피한다고 벌집 주위에 납작 엎드려 있으면 수많은 벌떼의 공격을 받아 생명이 위험할 수 있기 때문이다.

말벌은 위험하기 때문에 119로 전화를 했더니 몇 분이 지나자 소방차가 출동하였다. 소방관들도 작업을 시작하기 전에 벌에 쏘이지 않기 위해 안전한 복장으로 갈아입는다.

소방호스로 센 물살을 뿌려 벌집을 떼어낸 다음, 살충제를 뿌리는 위험부담이 큰 일이었다. 쎈 물살을 맞은 말벌들이 사방으로 흩어지기 시작하면서 마치 시위 군중을 해산시키는 경찰관들을 연상케 했다.

그렇게 센 물살을 뿌려도 도망가지 않는 말벌들에겐 살충제를 뿌리는데 분사되는 약물에 맞으면 힘없이 땅바닥에 떨어진다. 말벌도 자연의 일부이며 고귀한 생명체인데 순간 못할 짓 한다는 마음도 들었다.

사랑과 증오의 사잇길

호화로운 집을 지키려다가 무참하게 죽어가는 수많은 말벌 떼들. 자연은 힘센 동물들만이 살아남는 양육강식이라고 했던가! 벌들의 죽음을 보니 미안한 생각이 들었지만 어쩔 수 없었다.

네 곳의 말벌 집을 깨끗하게 소탕하고 119소방관들은 돌아갔지만 패잔병들이 산장 주위에서 무너져 버린 보금자리를 배회하고 있었다. 그들은 어떤 생각을 하고 있을까? 얼마나 힘들게 지은 집인데 한순간에 무너뜨린 인간들을 원망하고 있지는 않을까?

말벌은 일년생이므로 겨울이면 모두 사라지기 때문에 그대로 두어도 되겠지만 사람들을 공격하므로 반드시 제거해야 되는 것이다.

말벌들의 집을 철거하자마자 하늘에서 소리 없이 비가 내린다. 집을 잃어버린 그들의 눈물인가? 비가 떨어지는 사이로 몇 마리의 말벌들이 어딘가로 날아가고 있었다. 그런가하면 허물어진 집을 떠나지 못하고 방황하는 그 녀석들 모습이 조용히 내리는 이슬비

속에서 한동안 떠나지 않고 어른거린다.

　말벌, 그들은 또 다시 어딘가에 자기들만의 호화로운 집을 짓겠지? 사람과는 서로 소통할 수는 없지만 앞으로는 인간을 공격하는 존재가 되지 말고, 부질없이 대자연의 모든 생명체들과 공존하면서 함께 살아갈 수 있기를 빌어 본다.

사랑과 증오의 사잇길

푸른 숲의 아우성

국토의 대부분이 산야인 우리나라는 6·25전쟁으로 푸른 산이 민둥산으로 황폐화되고 말았다. 그렇게 변해 버린 산에 뿌리 내림이 좋고 속성으로 자라는 아카시아부터 심기 시작해 숲을 푸르게 잘 가꾸어 놓았다.

우리 주변에는 푸른 산이 있어 휴식과 피로를 풀어주고 스트레스로 망가지는 마음을 달래주고 있으니 숲의 고마움을 알아야 할 것인데 대부분의 사람들은 그것을 알지 못한다.

숲속에서 나오는 맑은 공기는 마음을 진정시키고 소화기능도 좋아지지만 신선한 공기가 어찌나 상쾌한

지 정신까지 맑아진다. 그처럼 숲의 편안함은 우리가 상상하는 것 이상으로 특별하다 공해로 뒤덮인 도시에 사는 사람들이 숲을 찾는 것은 어쩌면 당연한 일인지도 모른다.

몸과 마음을 쉬고 싶을 때는 맑은 공기와 깨끗한 물이 있는 숲속으로 떠나보면 알게 될 것이다.

내가 머무는 조그마한 산장에 휴식공간이 있고 산에 오르기 위해 나무로 계단을 만들어 놓았다. 그곳에는 편백나무와 소나무 숲이 우거져 어느 곳보다도 공기가 맑다. 그런가하면 가끔 고라니가 숲속을 누비고 다니면서 사람들을 보면 가던 길을 멈추고 쓸개 빠진 동물처럼 뒤돌아본다.

그렇게 자연 속에서 인간과 동물들이 교감을 하려고 눈을 반짝이면서 사람들을 반겨 주는 곳은 숲이 아니면 어디에서도 찾아보기 힘든 광경이다.

소나무 위로 높게 흐르는 구름은 마음을 편안하게

사랑과 증오의 사잇길

달래주고 숲속의 소나무 가지를 스치고 지나가는 바람은 휘익 소리를 내면서 사람의 마음을 헤집어 놓는다. 숲에 들면 어릴 적이 생각나고 그 언저리엔 어머님의 젖 향기도 섞여 있다.

그래서일까 숲은 어쩌면 어머니 마음 같다는 생각을 한다. 그렇게 숲은 우리에게 많은 것을 선물한다. 특히 봄철에는 청정 쑥과 두릅, 취나물, 고사리 등 영양이 풍부한 산나물을 무제한 공급해 주고 가을에는 홍시, 으름, 산밤, 꾸지뽕 등 우리들에게 필요한 수많은 약초와 먹을거리를 주는 거대한 자연 농장이다.

가난했던 시절 굶주림을 달래주던 숲이야말로 인간에게 가장 고마운 존재인 것이다. 숲의 향기가 정신을 맑게 해주지만 거친 상황도 극복하고 더불어 살아가는 숲의 모습에서 상생의 의미도 깨닫게 된다.

그렇게 숲은 우리에게 유익한 친구이지만 요즈음에는 시골의 숲 속이 쓰레기 더미로 더럽혀 지면서 몸살에 아우성 소리가 마치 신음소리처럼 들린다. 숲 속 아무 곳에나 부서진 채 버려진 세탁기며 가제도구들을 무분별하게 버리는 사람들은 어떤 양심을 가진 어느 나라 국민들일까?

인간은 숲에서 수없이 많은 혜택을 받고 있다. 그래서 더 편하고 더 새롭고 더 많은 것을 갖고 싶고 무엇인가 추구하는 것이 사람들의 마음속에 잠재적으로 꿈틀거린다. 그렇기 때문에 인간들은 무슨 이유에서든 자연과 숲을 보호해야 할 책임과 의무를 다해야 할 것이다.

우리가 어디에 살고 있던지 자연에 의존하고 살아간다. 인간과 숲이 공존하려면 건강한 푸른 숲을 만들고 보존하는 것이 가장 시급하고 중요한 일이 아닐까?

사랑과 증오의 사잇길

고라니와 동거

우리나라 사찰들은 거의 경치가 아름다운 산속에 자리 잡고 있다. 사람들이 부처님께 공양도 드리고 숲 속에서 맑은 공기를 마셔가며 건강을 지키는데 도움이 되는 곳이기 때문이다. 이곳 내장산국립공원에는 내장사와 백양사가 있고 두 절을 연결해주는 4차선 도로가 훤히 뚫려 있다.

그 길에서 산골 마을로 들어가기 위해 교차로를 지나 좁게 연결된 산길로 접어들면 내장산국립공원의 변두리 지역에 호남정맥 명지산 구간이 자리하고 있다.

맑은 공기와 깨끗한 물이 있고 아름다운 숲이 병풍처럼 펼쳐져 자연을 마음껏 만끽할 수 있는 곳으로 사람들이 모여 사는 동네에서 멀리 떨어진 깊은 산속에 위치하고 있어 조용하기 이를 데 없는 환상의 숲이다. 하늘엔 하얀 구름이 산자락에 걸려 아름답게 흐르고 바람이 가끔 나뭇가지를 흔들며 사람들의 마음까지 시원하게 달래준다.

자연이 인간에게 주는 선물을 모두 갖추고 있는 명지산 숲 속, 그곳에는 살이 적당히 오른 고라니가 숲 속 친구들과 어우러져 즐겁게 살아가고 있다. 붉게 물든 단풍의 향연이 끝난 겨울, 고요함으로 잠든 숲속에 유독 앙증맞은 고라니가 많이 산다.

고라니는 세계적으로 개체수가 줄어들어 천연기념물로 지정된 동물이다. 그런데 우리나라는 호랑이 늑대 등 먹이사슬의 상위 동물이 사라지면서 걷잡을 수 없이 늘어나 농작물에 많은 피해를 주고 있는가 하면 먹이를 찾아 도심 주택가로 내려오는 사례가 많다고 한다.

가끔 사람들이 산등성이에 오르면 멀리 도망가는

척 하다가 몇 발짝 뛰고 흠칫 뒤돌아본다. 살짝 미소를 머금은 채 눈꼬리를 치켜세우면서 머리를 돌려 숲속으로 사라지는 고라니의 뒷모습이 정말 귀엽다. 오늘밤에는 별빛도 희미한 캄캄한 밤에 어느 나무 밑에서 잠을 잘까? 아니면 바위 아래 보금자리를 만들어 편안한 잠을 이룰까 걱정되는 밤이다.

점심식사를 마친 후 명지산 등산길을 걷고 있었다. 어제 보았던 고라니가 오늘도 어김없이 산등성이에서 서성대고 눈을 똘망똘망 거리면서 내게 인사를 하는 것 같았다. 어제 보았으니 반갑다는 인사라도 하고 싶은가 보다.

"어젯밤엔 잘 잤니?"

"편한 밤을 보냈답니다."

"숲속의 친구들과 즐겁게 살고 있제?"

"그럼요. 맑은 공기와 푸른 숲이 있어서 더욱 좋아요."

"날마다 행복하게 살아야 돼."

"아저씨도 행복하게 사세요."

이렇게 고라니와 마음속의 대화는 순수한 자연 속

에 있을 때만 가능한 일이다. 숲속에서 그들은 무엇을 먹고 어떻게 살아갈까? 한여름 밤 하늘에는 별빛이 빛나고 둥근달이라도 밝게 떠오르면 어떤 생각을 하면서 밤잠을 이룰까?

혹여 고라니와 밝은 달은 이런 대화를 하지 않을까?
"달님, 정말 아름답게 빛나고 있군요."
"너와 밤새워 이야기를 나누고 싶구나."
"밝은 달님, 하늘에 수많은 별님들과 외롭지 않게 긴 밤을 보내세요."
"그래. 우리들이 이야기꽃을 피우면 아름다운 밤이 될 거야."

밤은 누구에게나 휴식을 주지만 한낮에 비가 억수같이 쏟아지면 고라니는 어느 곳에서 옷도 입지 않은 채 비를 피하고 있을까? 고라니는 과연 인간과의 눈빛에서 무언가 교감을 읽어 내는 것일까? 커다란 우주 공간에서 이루어지는 생명체들은 살아가는 동안 얼마

사랑과 증오의 사잇길

나 만족하고 있을까? 복잡하지 않고 단순한 생각, 무엇을 어떻게 해보겠다는 욕망 따위는 관심이 없다. 이래서 자연 속에 있으면 좋다고 하는가!

자연을 벗 삼아 한가롭고 여유롭게 뛰어 노는 신비로운 동물, 고라니. 정녕 그들은 대자연속에서 인간들에게 삶은 이렇게 욕심 없이 자유롭게 살아가는 것이라고 말하고 있지는 않을까!

비몽사몽(非夢似夢)

　인간이 세상에 태어나면 일생의 삼분의 일을 수면을 하게 되고 자다보면 꿈을 꾸게 된다. 꿈은 깨어나고 보면 곧바로 잊어버리는 경우도 있지만 현실처럼 생생하게 기억되기도 한다.

　어느 날 밤, 꿈을 꾸었다. 관광객과 함께 경상남도 남해 국립공원에 자리 잡고 있는 보리암이라는 암자였다. 절 구경을 하고 내려오는데 아주 좁다란 산길을 지나 통나무로 엉성하게 얽어 만든 외나무 다리 위로 사람들이 걸어가고 있었다.
　그런데 갑자기 길옆의 바위가 낭떠러지 밑으로 떨

어지려고 움직이는 것이 보였다. 순간 바위를 붙잡으려 안간힘을 썼지만 힘이 빠져 나가는 느낌이었다.

까마득히 내려다보이는 낭떠러지 밑으로 바위가 구르면 산 아래쪽에서 어떤 피해가 발생할지 모르기 때문에 바위를 떨어지지 못하도록 해야 했지만 주위의 사람들은 아무도 거들어 주지 않고 쳐다 만 보고 있었다.

점점 힘이 빠지면서 갈등이 생기기 시작 했다. 이 무거운 바위를 놓아버려야 할까? 아니면 끝까지 보듬고 있어야 할까? 난감한 상황 속에서 버티고 있는데 이 지역을 관리하는 사람이 지나가다가 그 꼴을 보고 하는 말이 그걸 놓아버리지 왜 잡고 있느냐는 것이다. 마음의 갈등은 커져만 갔다.

그러나 끝까지 무거운 바위 돌을 붙들고 있기에는 내 몸의 힘이 더 이상 버틸 수가 없었다. 결정해야 할 시점에서 힘에 한계를 느끼며 스르르 풀리고 말았다.

바위는 천둥 치는 것처럼 요란한 소리를 내며 구르기 시작했다. 아래쪽에서 어떤 일이 일어날지 아무도 예측하지 못하지만 큰 피해가 있으리라 몹시 걱정하면서 산길을 내려왔는데 떨어진 바위가 넓게 개간된 밭에 아무렇지도 않게 멈춰있는 것이 보였다. 참으로 다행하다는 생각을 하면서 꿈을 깼다.

꿈속이 아닌 나의 일상에서 하는 일에 대해 누군가 계시를 주기위해 그런 꿈을 꾸게 했을까 의문을 갖게 했다. 예언적 의미를 갖기도 하는 꿈은 가상공간에서 현실을 뒤돌아보고 차분하게 결정하라는 의미 있는 꿈이 아닌가 생각을 깊이 하게 되었다.

영국의 철학자 러셀은 우리가 깨어있는 삶이라고 부르는 것은 끊임없이 계속되는 악몽에 지나지 않을 수도 있다. 더 나아가서는 지금 내가 꿈꾸고 있다고는 믿지 않지만 꿈꾸고 있지 않다고 증명할 수도 없다고 했다.

현실 속에서 계획하고 갈등하고 있는 일을 계속 붙잡고 있을 것인가 아니면 놓아야 할 것인가 나의 미래에 대한 예언이 아닐까 하는 생각에 심히 걱정 되는 밤이었다.

정신과 의사나 꿈에 관심이 많은 사람들은 꿈을 꾸는 이유가 무의식이 의식에게 보내는 메시지라고 해석하기도 한다.

미래를 예시하는 경우 자신의 주변에 해결하지 못한 일을 해결할 수 있는 실마리가 되기도 하고 자기 성찰을 위한 계기로 삼는 경우도 있다고 한다.

그 꿈을 그냥 무시해도 되는 것인지는 개인의 성격에 따라 다르겠지만 꿈의 해몽을 잘해서 미리 예측하고 대비할 수 있다면 좋은 일일 것이다.

땅벌의 응징

외부의 공격으로부터 자기를 방어한다는 것은 지구상에 존재하는 모든 동물이나 식물에게 공통적으로 갖고 있는 원초적 본능이 아닐까? 그들은 자기 방어를 위한 특별한 장치를 하고 있는 것 같다.

식물 중에는 두릅, 꾸지뽕 나무 등이 독특한 장치를 하고 살아간다. 동물들이 줄기나 잎을 뜯어 먹을 수 있는 높이의 아래쪽으로는 뾰족한 가시를 달고 있어 자기 몸을 침범할 수 없도록 자신을 보호하고 있기 때문이다. 동물들도 뱀은 밟거나 건들면 달려 들어 맹독으로 사람의 목숨을 빼앗아 가기도 한다.

인간을 조직적으로 더 괴롭히는 동물도 있다. 땅벌

이 그런 종류의 동물이 아닐까? 땅속에 집을 짓고 살면서 사람이 실수로 자기들의 보금자리를 밟기라도 하면 말 그대로 벌떼처럼 달려 든다. 특히 검은색에 대해서는 더 공격적이며 자기에게 위해를 가하는 대상을 집요하게 응징하는 성질이 있다고 전해지고 있다.

이번 추석에 벌초를 하러 갔다가 무덤 앞 땅속에 집을 짓고 살아가는 땅벌 집을 건드리고 말았다. 순식간에 30여 마리가 두꺼운 옷을 뚫고 들어와 등짝이며 배꼽, 발목 등을 사정없이 쏘아댔다. 순간 옷을 벗어 던져 버리고 본능만 살아서 미친 사람처럼 소리를 지르고 이리저리 뛰었던 모습이 인간이라는 사실을 망각하게 했다.

위험한 상황에서 벗어나고자 멀리 도망갔으나 저질러진 실수는 되돌릴 수 없었다. 옷을 벗어 수십 마리의 침입자들을 모두 죽여 없앴지만 고통은 그때부터 시작되었다. 무자비하게 독침을 쏘아 대는 땅벌의 성질, 1년을 산다는 그것들이 몸속의 침을 쏘아 버리면 생명은 그것으로 끝난다고 한다.

동물도 감정이 있다고 하는 말은 누군가가 자신을 위협할 때 죽음을 무릅쓰고 공격하는 것을 보면 본능적이라 할 수도 있지만 분노에 의한 행동일 수도 있다. 땅벌은 건드리면 물속까지 쫓아 온다고 하니 무서워도 보통 무서운 동물이 아니다. 땅벌에게 공격을 받은 뒤 3일간 고통 속에서 살아야 했다.

하찮은 미물인 땅벌이 자기 방어를 위해서 사람을 해치는 것을 원망하기 보다는 그들의 생존 방식을 인정해 주는 것이 마땅하지 않을까? 벌침이 내 몸속에 파고 들어온 후 가려움으로 인한 고통은 이루 말할 수 없었다. 그 일은 당해보지 아니한 사람은 얼마나 무서운지 알지 못할 것이다. 병원에서 주사를 맞고 3일분의 약을 복용하면서 치료에 최선을 다했지만 한동안 고통은 계속 되었다.

그 일이 있은 후 많은 생각을 했다. 조물주께서 이 지구상에 존재하는 모든 동식물들이 자신을 보호할 수 있는 능력을 부여한 것은 합당한 일이며 자기 생명을

사랑과 증오의 사잇길

희생하면서 죽어간 땅벌에게 침입자가 된 우리가 사과하고 위로해야 할 것 같았다.

땅벌은 작은 실수이건, 고의 이건 자신들을 헤치면 반드시 응징을 하는데 그들에겐 죽음도 불사한다.

사람들도 상대가 자기에게 잘못을 저질렀을 때 어떻게 할 것인가. 인간이 동물과 다른 것은 생각을 한다는 것이다. 나도 남에게 잘못할 수 있다. 역지사지 해보면 이해하지 못할 일도 없을 것이다. 그렇게 함으로서 자기 자신이 고통의 굴레에서 벗어날 수 있다. 응징을 하고 나면 그 순간은 속이 시원할지 모르지만 마음속에 공허함 밖에 남지 않기 때문에 깊이 생각하면서 행동해야 하리라.

4부 그리움으로 사는 인생

세상을 품은 어머니 얼굴

다시 요양원으로 가던 날, 가고 싶지 않다는 99세의 노모를 달래서 보내야 하는 아들은 가슴이 아려오는 아픔을 견뎌야 했다.

어머니의 절규

사람이 세상에 태어날 때 10개월이라는 시간을 어머니 뱃속에 있어야 한다. 짧은 순간이지만 가장 포근하고 편안한 보금자리에서 자라며 천륜의 관계를 맺는다. 그리고 아들이 태어나면 어머니는 모든 희생을 감수하고 뒷바라지를 해서 키운다.

우리 부부는 백수를 바라보는 어머니를 집에 모시고 살아간다. 즐겁고 슬프고 고생스럽더라도 인생길을 같이 걷고 싶어서다. 모든 것을 주어 버리고도 더 줄 게 없어 아쉬워하는 어머니, 아들에 대한 사랑은 거미의 사랑보다 더 크다는 생각을 했다.

거미는 새끼를 낳으면 자기의 피를 먹여서 키운다

고 한다. 피가 다 떨어지면 죽는다는 것을 뻔히 알면서도 귀여운 새끼가 사랑스러워 남은 피 한 방울까지 모두 주고 결국 죽어야 하는 운명을 알면서……

우리네 어머니들도 자식들을 위해 그렇게 살다가 죽어간다.

시어머니를 모시고 살고 있는 아내는 자기가 이 세상에서 제일 불행한 사람이라고 느끼는 것 같다. 칠십이 넘어 며느리에게 보살핌을 받아야 할 나이에 고생하는 것을 보면 미안한 마음도 든다.

"어머니보다 내가 더 빨리 죽게 생겼소."

이 말을 들을 때마다 나는 가슴이 꽉 막혀 버릴 것 같은 고통 속으로 빠져든다.

"이왕 모시고 사는 것 즐거운 마음으로 보살펴 드리면 안 될까?"

인간이란 태어나면 반드시 행복할 수만은 없다. 행복과 불행은 해일처럼 번갈아 밀려왔다 밀려간다. 시어머니를 모시고 산다고 이 세상에서 가장 불행하다는 생각을 하면 그것은 더 큰 불행이다.

나는 가끔 고부(姑婦) 사이가 조금은 편안하도록 장기여행을 홀로 떠난다. 늙은 노인을 모시고 살면서 남편 뒷바라지까지 하는 것이 너무 힘들 것 같아 한 사람이라도 집에 없으면 좋을 것이라는 생각에서 떠나지만 사실은 현실 도피인지도 모른다.

어머니와 한 지붕 밑에 있으면 아침에 문안인사라도 드릴 수 있는데 먼 곳을 여행하다 보면 아무것도 해 드릴 수 없어 더 서글퍼 질 때도 있다. 길을 잃고 헤매는 슬픈 양처럼…….

늙으신 어머니는 장기여행을 떠난 아들을 그리워하며 하루에도 몇 번씩 어디가고 집에 없는지 찾는다고 한다. 믿고 의지 할 수 있는 사람은 오직 아들뿐인데 그 아들이 집에 없으니 얼마나 마음이 허전할까?

장기간 여행을 떠난 아들을 계속 찾는다는 것은 기댈 곳을 찾는 어머니의 절규라는 생각이 들었다. 여행을 떠나 있지만 어머니의 얼굴이 먼 산을 바라보는 아들의 눈동자 속으로 파고든다. 주름살투성이의 아들은 마음속에 쌓인 어머니에 대한 정 때문에 눈물이 흐른다.

어머니와 아내 사이에서 갈등하는 아들, 내 자신이 한없이 미웠다. 평생을 희생하고 살아오셨는데 늙어서 요양원에 모시는 것은 자식이 가져야 할 도리가 아니다. 요즘 요양원은 현대판 고려장이라고 하는데 얼마나 정성껏 보살펴 드리겠는가? 마음속에 웅크리고 있는 고독과 아들에 대한 서운함이 쌓여서 남은 인생 짧게 살다가 일찍 죽게 될 것이 뻔한 일이다. 어머니는 좋건 싫건 아들과 같이 살고 싶어 하시지만 그곳으로 보낼 수밖에 없어 가슴 아픈 일이며 사랑, 고통, 외로움과 싸우도록 방관해야 하는 일이다. 이 현실은 멀지 않은 우리의 미래며 곧 나의 내일이기 때문에 더 절절히 와닿는지도 모르겠다.

사랑과 증오의 사잇길

메아리는 가슴 속으로

하늘이 어둡게 변하고 있다. 곧 비라도 쏟아질 듯. 엄니가 요양원에 처음 입소하던 날 그렇게 하늘은 노여워하는 것 같았다. 세월의 질곡이 그려진 얼굴 위로 눈물이 흘러내린다. 마치 토란 잎 위에 떨어진 빗방울이 또르르 땅바닥으로 흘러내리는 것처럼 말없이 굴러 떨어진다.

나는 엄니의 눈가에 맺힌 눈물을 손수건으로 닦아 드리며 사랑으로 키워주신 옛날 생각에 마음은 천갈래 만갈래가 된다. 지금까지 아들 내외와 살면서 미운 정, 고운 정을 모두 주고 살아왔는데 이제 낯선 환경에서 외로움과 하루 종일 싸워야 할 운명이 서러웠을 것이다.

입소 후 며칠이 흘러갔다. 그리고 요양원 간호사로부터 문자가 날아왔다. 밤에 잠을 안자고 실내를 배회하기 때문에 주위 사람들에게 피해를 준다고 했다. 가끔은 동료 노인분들이 죽이려고 달려든다는 망상과 함께 식사도 하지 않아서 돌봐드리는 데 많은 문제가 있다고 했다.

때로는 계속 울음을 참지 못하고 또 친구를 찾거나 빨리 죽어야 한다면서 잠을 자지 않고 계속 떠들고 있으니 정신과 진료를 받아보라는 것이다.

생로병사의 과정을 겪으면서 불행과 행복이 교차하는 시련 속에 살아가는 것이 인간이고 그것이 곧 고난과 고행이 아니던가. 엄니를 모시고 병원을 찾았다. 정서가 불안하고 갑자기 환경이 바뀌면서 찾아온 정신적인 아픔이라고 한다. 수면유도제를 복용해서 억지로 잠을 자도록 할 수밖에 없다는 것이다.

그렇게 세월은 무심하게 흘러 설 명절이 되었다. 가족들의 정이 그리웠을 엄니를 집으로 모셨다. 그리고 집에서 3일 동안 자녀들의 새해 인사를 받으면서 너무 행복해 보였다. 세상의 모든 것을 자기 자신이 가진 것처럼. 엄니의 얼굴은 웃고 있었지만 마음 저편에는 혹시 불안에 떨고 있을지도 모른다는 생각이 들었다.

다시 요양원으로 가던 날, 가고 싶지 않다는 99세의 노모를 달래서 보내야 하는 아들은 가슴이 아려오는 아픔을 견뎌야 했다.

요양원 문을 향해서 지팡이에 늙은 몸을 의지한 체 터벅터벅 걸어가는 힘없는 걸음걸이와 눈물을 가득 머금고 손을 흔들어 보이는 엄니의 뒷모습에서 지독한 슬픔과 죄송한 마음을 감출수가 없었다.

아들은 떨리는 목소리로 "집에 오고 싶으면 언제라도 말해." 혼잣말처럼 중얼거리며 아픔을 이겨내야 했다. 입소 며칠 뒤 "아들아, 나 여기 요양원에서 못 살아야. 집에서 너희들하고 같이 살아야제." 엄니의 말소리가 가슴속에 메아리로 울린다. 그리고 입소 한 달이 되던 날 눈물을 가득 머금은 채 아들에게 하소연하는 노모의 얼굴, 내 미래의 자화상이기도 하다.

첫 번째 요양원에서 적응을 하지 못하는 엄니가 너무 안쓰러워 환경이 더 좋은 두 번째 요양원의 문을 두드렸다. 앞마당에 잔디가 깔려 있고 주위에는 숲이 우거져 주변 환경이 아주 좋았다. 더 좋은 것은 땅을 밟으면서 휴식을 즐길 수 있는 시골의 한적한 곳이기 때문이다. 맑은 공기와 더불어 산새들의 울음소리가 들리는 조용한 곳, 노모는 이곳에서는 잘 적응하며 살아갈 수 있으면 얼마나 좋을까!

이제 가족들은 머릿속에서 잊어버리고 먼 곳으로 동행해야 할 요양원의 노인들과 잘 어울려 지냈으면 좋으련만 그것은 엄니를 집에 모시지 못하는 아들의 희망사항일 것이다.

인간은 삶속에 생로병사의 과정을 꼭 거쳐야 하는데 조물주는 왜 이렇게 심한 고통을 받도록 만들었는지 내 엄니의 일이기 때문에 더욱 가슴이 아프다. 건강한 모습으로 떠날 수 있었으면 좋으련만······.

　엄니! 아무리 불러 봐도 또 불러 보고 싶은 이 말은 가슴속에 메아리가 되어 마음을 찡하게 울린다. 새로운 요양원으로 노모를 모신 뒤 어릴 적 달콤한 젖내음과 엄니 특유의 채취를 느끼기 위해 엄니가 잠들던 방에서 그리움을 달래며 잠을 청하곤 한다.

이승에 남긴 흔적

세월이 너무 빨리 흘러간다는 느낌이 드는 나이, 65세인 것 같다. 왜 그렇게 정신을 차릴 수 없게 바람처럼 빠르게 흘러가는지 나 혼자만의 생각은 아닐 것이다.

보릿고개를 힘겹게 넘었던 오륙십 년 전에는 환갑을 넘기면 살만큼 살았다고 말했는데 현재 한국 사회의 기대수명이 여자의 경우 88세라고 하니 변해도 너무 많이 변해 버린 것 같다.

그렇게 수명이 길어지면서 우리 엄니도 99세가 되었다. 백수잔치를 하면서 엄니에 대한 마지막 인사를 드리는 것이 자식 된 도리가 아닐까? 1년이 지나면

100세가 되니까 오래 살아오신 것 같다.

몸을 가누지 못해 요양원에서 생활하는 엄니를 설명절에 모셔다가 짧은 시간동안이지만 마음 편하게 생각하고 머무르다 가시면 엄니도 나도 위안이 될 것 같았다.

이젠 요양원에 가지 않아도 된다고 생각하셨던 엄니를 억지로 모셔다 드리고 뒤돌아 나올 때 쏟아지는 눈물을 감출 수가 없었다. 내 곁에 모시지 못하는 불효가 가슴을 친다.

내가 초등학교 6학년쯤 되었을 때였다. 할머니가 시골 산자락 외딴집에 외롭게 혼자 살고 계실 때 찾아가면 항상 짠한 마음을 어찌할 줄 몰라 가슴이 답답할 때가 많았다. 그렇게 혼자 살고 계시는 할머니를 두고 어둠이 깃든 산자락을 내려와 조그마한 냇가를 건널 때면 울컥 치미는 애처로운 마음에 눈물이 맺히곤 했던 것이 어릴 때 추억으로 남아 있다.

가슴 아픈 어린 시절을 보내고 살아온 내가 이제 엄

니를 요양원에 두고 뒤돌아 나오면서 느끼는 감정이 할머니를 산자락에 두고 떠날 때의 아픔을 그대로 느끼고 있다. 특히 이번 설날은 백수가 되는 첫날에다 엄니의 생일이 겹치는 날이라 뜻 깊은 명절이었다.

팔남매를 잘도 낳으신 엄니. 얼굴엔 온통 주름살뿐이고 머리는 하얗게 변했지만 나에겐 어릴 때 등 뒤에 업혀 살던 그때가 마냥 행복했다는 생각만 하는 것은 아무리 늙어도 엄니 앞에선 철없는 아들이란 마음엔 변함이 없기 때문이다.

많은 세월을 살아오신 엄니는 요즘 정신줄을 놓고 살아가신다. 사람도 알아보지 못하고 물건만 보면 옷 속에 감추는 희한한 치매에 걸렸다. 젊었을 때에는 그렇게도 총명하던 엄니였는데 정신줄을 놓아버린 지금, 가슴이 무척 아프고 심란하다.

이번 설날은 팔남매가 모여 백수잔치를 의논하는 날이다. 마지막 잔치를 어떻게 해드려야 웃으면서 이 세상을 하직할 수 있을까? 오직 그 생각뿐이었다.

살아계실 때 올리는 하직 인사라는 생각에 가슴이

먹먹해지는 것을 꾹 참아야 할 것이다.

'엄니, 저 세상으로 가실 때 고통 없이 편한 마음으로 눈을 감으세요.' 엄니가 이 세상에 아무런 미련도 남기지 않고 마지막을 웃음으로 보낼 수 있으면 하는 바람이다. 이것이 자식들이 해드릴 수 있는 최선이기 때문이다.

엄니는 영원한 내 마음속의 고향이다. 그런 엄니와 이제 이별을 해야 된다고 생각하니 마음이 무척이나 아프다. 이승에서 마지막으로 흔적을 남기는 백수잔치가 끝나면 엄니는 다시 요양원으로 가야 된다.

고려장을 했던 깊은 산속처럼 늙은 사람들이 휠체어를 타고 옹기종기 모여 북망산천으로 갈 날만 기다리는 곳이 요양원이다. 그곳에 엄니를 두고 나오면서 또 한 번 내 마음은 천 갈래, 만 갈래 찢어지는 슬픔을 느껴야 할 것이다.

유호덕(攸好德)

누구나 세상에 태어나면 천수를 누리고 살기를 바랄 것이다. 그렇게 하려면 본성이 착하고 정직해야 한다. 행실이 곧고 마음이 너그러워서 일상생활에서 베풀기 같은 덕행을 실천하고 이웃에게 도움을 주려고 애쓰며 건전한 마음과 평온한 분위기를 조성해야 깨끗하고 건강하게 살아갈 수 있을 것이다.

사람이 살아가는 과정에서 꼭 오래 살아야 천수를 다했다고 말할 수는 없다. 마지막 죽음에 임할 때 고통 없이 편한 모습으로 인생을 마쳐야 복 받은 사람이라 할 것이다. 그러기 위해서는 항상 주위의 모든 사람들에게 덕을 베풀어야 하고 자기가 가진 돈을 불우한 이웃을 위해 써야 한다.

우리 선조들이 남긴 말 중 '벼 구십구 섬을 가진 사람이 한 섬 가진 사람에게 백 섬을 채우기 위해 그걸 내 놓으라고 한다.'라는 이야기가 있다.

욕심 많은 사람들의 모순된 생각을 가리켜 하는 말인데 현대를 살아가는 지금에도 이런 사람이 너무 많다. 오직 자기만 잘 살아 보겠다는 자기중심적 이기주의에서 비롯된 잘못된 폐단이다.

이런 사람들은 유호덕과는 거리가 먼 사람들이다.

남이 못 먹을 때 같이 굶고 이웃사람들이 헐벗고 살때 고통을 함께 나눌 수 있는 마음의 여유를 갖는다는 것은 누구나 할 수 없는 일이지만 스스로 생각하고 주위 사람들과 동화되어 살아가겠다는 마음이 있으면 얼마든지 가능한 일이다.

삶을 살아가면서 덕을 쌓는다는 것은 참으로 어려운 일이다. 남을 위한 특별한 마음이 있어야 가능하다. 그래서 덕을 베푼 사람들은 적이 없다. 모두가 존경하는 베풀고 사는 인생이기 때문이다.

남들에게 욕먹을 만한 일은 절대하지 않고 오직 주위 사람들을 위해서 봉사하고 희생하면서 산다는 것은 결코 쉽지 않는 일이다.

사람들은 흔히 재승박덕(才勝薄德)이라는 말을 많이 한다. 재주는 있으나 덕이 없는 사람을 일컫는 말이다. 우리들 주변에는 이런 사람들이 생각보다 많다.

내가 공직에 있을 때 조그마한 지방군수의 재승박덕이 공무원 사회에서 회자되고 있었다. 그 사람은 직원들을 덕으로 다스리지 않고 지혜로 잔재주만을 부리는 지장(智將)이라고 불렀다. 인간사회는 덕으로 다스리는 덕장(德將)을 간절히 원하고 있다. 덕이 부족한 사람들이 하는 짓은 잔재주를 부리는데 있다. 어느 날 군수에게 찾아온 사람은 선거에서 많은 도움을 준 민원인이었다.

잔재주꾼 군수는 담당과장을 불러 반드시 민원사항을 해결해주도록 민원인 앞에서 생색을 내면서 고맙다는 생각을 갖도록 머리를 굴려 재주를 부린 것이다. 그리고 민원인이 돌아 간 뒤 담당과장을 다시 불러 민원사항을 해결해 주면 절대 안 된다는 지시를 내렸다.
만약 약삭빠른 그 군수가 덕장이었더라면 법규에 위
배되어 민원을 해결해 줄 수 없다는 내용을 설명하고
설득을 해서 보내야 했다.

잔머리를 굴리는 지장이기 때문에 민원인에게는 군
수로써 가식적인 생색을 내놓고 담당과장에게 책임을
떠넘기는 재주를 부렸기 때문에 '재승박덕한 군수'라
는 오명을 남겼지 않았을까? 그 외에도 그분의 잔머리
는 모르는 사람이 없을 정도 였다.

유호덕(攸好德), 덕을 좋아해서 많이 베풀면 자기 자
신에게 복이 돌아오는 것인데 비상하게 좋은 머리로
잔재주를 부리는 사람들이 우리 주위에서 정직하고
성실한 사람들의 마음에 불신을 심어주고 서글프게
한다.

백수(白壽) 엄니께 드리는 글

   '높고 높은 하늘이라 말들 하지만 나는 나는 높은 게 또 하나 있지. 낳으시고 기르시는 어머님 은혜 푸른 하늘 그보다도 높은 것 같애.'

   소천 윤춘병 목사가 쓴 어머님 은혜 노랫말이다.

   얼굴에 온통 굴곡진 삶의 길을 그림으로 그려 놓은 우리 엄니, 머리는 하얀 눈꽃 세상을 만들어 장식하고 살아가신다.

   적지 않는 아이들을 배부르게 먹이지 못해 얼마나 마음이 아팠을까? 엄니에게 보내는 마지막 편지를 웃음 지으며 쓰고 싶었지만 엄청난 고생을 하셨을 그때를 생각하면 감정이 앞서 눈물이 흐른다.

   사랑과 증오의 사잇길

가냘픈 몸매 그 어디에 강인함이 숨어 있었을까? 시련은 강한 자를 더욱 강하게 만든다고 했던가. 지난 세월 이런 어머님의 사랑과 믿음 속에 우리 8남매는 용기를 얻어 일어설 수 있었습니다.

엄니 우리 엄니!

험한 인생길을 99년이란 짧지 않는 세월을 살아오시면서 얼마나 많은 눈물을 흘리셨나요? 아버지는 매일 술에 취해 집에 오시면 가난한 살림에 찌들어 고생만 하는 엄니를 아무런 이유도 없이 무조건 발길질하고 때리는 것을 보면서 어린 가슴이 미여지는 것 같았습니다. 얼마나 무섭고 힘드셨을까? 가슴 아파 하시던 어머님의 모습을 보면서 따라 울었던 기억이 생생합니다.

어린 자식들에게까지 손찌검을 했던 무심한 아버지로부터 보호하기 위해 치마로 감싸고 막아 주셨던 그런 엄니였습니다. 오직 자식들만을 위해 희생과 헌신, 고난과 고통으로 살아오신 엄니가 계셨기에 지금의 우리가 있음을 잘 알고 있습니다. 감사합니다 엄니!

그런 엄니를 정신줄 조금 놓았다고 요양원으로 모신 것이 자식 된 도리로 죄스럽기만 합니다. 저 세상으로 가실 때까지 꼭 집에서 모시겠다던 다짐을 지키지 못하고 요양원에 모시던 날 제 가슴은 찢어진 듯 아팠습니다. 고려장을 하기 위해 어머니를 지게에 지고 산길을 올라갈 때 소나무가지를 꺾어 아들이 하산할 때 길을 잃지 않도록 배려해 주시던 지극한 사랑이 엄니의 마음인 줄 자식들은 아직도 모릅니다. 돌아가신 후에야 쓰라린 후회를 하겠지요. 자기 혼자 이 세상에 태어난 것처럼 엄니의 사랑을 잊고 살아왔으니까요. 백수가 되신 지금도 다 안다고 말할 수는 없을 것입니다. 이제 일 년이 지나면 100세가 됩니다.

화장실의 휴지를 옷 속에 잔뜩 감추고 천 원짜리 한 장만 달라는 것을 보면서 눈물이 앞을 가립니다. 이제 이승의 끝자락에 서 계신 우리 엄니.

요양원으로 가신 뒤 아들은 엄니가 주무시던 방에서 잠을 이룰 때가 많습니다. 엄니의 체취를 느끼며 원 없이 그리워하기 위함이지요. 그리움은 말없이 참으며 속으로 삭여야 한다고 합니다. 엄니의 사랑을 새록새록 느끼며 불면의 밤에서도 벗어날 수 있습니다. 오늘 아들 딸 며느리 사위 손자 손녀들이 모여 백수를 축하드립니다.

이 순간 모든 슬픈 기억과 생의 아쉬움을 잊어버리시고 여생을 아프지 말고 편히 살으시다가 웃음 띤 얼굴로 영면하셨으면 합니다. 엄니, 우리 엄니 사랑합니다.

마지막 인생길을 아무런 한(恨)을 남기지 않고 편안한 마음으로 이승을 하직 하시도록 두 손 모아 빌어 드리는 일 외엔 아무것도 해 드릴 수 없어 마음만 아프다.

인생이란 어차피 너도 나도, 우리 모두가 떠나야 하는 길이기 때문이다.

여인의 얄궂은 운명

그녀의 삶은 행복보다 불행이 화살처럼 앞질러 나갔다. 어린애 둘을 키우면서 삶에 지쳐 허우적거릴 때 찾아온 난데없는 불행의 씨앗! 가정에 충실하지 못했던 남편이 다른 여자를 알게 되면서 먹구름이 가슴을 짓누르기 시작한 것이다.

어린애들이 막 사춘기에 접어들 나이인데 가정을 버리려고 하는 남편이 너무 원망스러웠다. 끈질기고 집요한 이혼요구에 이것이 운명이라면 피할 수 없을 것 같다는 생각을 하면서 마지막으로 한 번 만나보고 싶었다.

남편과 바람을 피우는 그녀를 어느 조용한 찻집에

사랑과 증오의 사잇길

서 만나 애들을 키우고 있는 엄마의 어려운 형편을 이야기하고 당신 때문에 남편과 헤어지면 얼마나 불행해지겠는가 설득을 겸한 사정도 해 보았다.

"수현 씨, 당신은 아직 미혼이고 앞으로 살아갈 날이 구만리 같은데 어미와 자식을 생이별 시키고 남의 가정을 산산조각 내면서까지 꼭 그 길을 가야겠어요?"

그녀는 아무런 관심도 없다는 듯 무심한 눈길을 이곳저곳으로 던지고 있었다. 당신의 남편을 잊어야 겠다는 말도 그 남자를 사랑해서 헤어지지 못하겠다는 말도 하지 않더란다.

설득하려는 여인의 처지가 서글프고 슬픈 마음은 잔잔한 파도가 되어 침묵을 가르며 허름한 찻집 시멘트 바닥으로 내려앉는다. 저녁노을에 초가집 지붕 굴뚝에서 흘러나오는 하얀 연기처럼 깔리면서……

오직 이혼이라는 파경만은 어떻게든 막아 보겠다는 마음에서 애원의 말이 계속 이어지고 있었다.

"그렇게 해서 당신이 그 사람을 차지하고 살면 행복

할 거 같아요? 그 남자가 당신의 인생을 송두리째 걸 만큼 가치 있는 사람이라고 생각하고 있나요? 여러 사람 마음 아프게 하고 그 길을 굳이 고집한다면 얼마 안가서 금방 후회하게 될 거예요. 무엇이 부족해서 남의 가정을 파탄의 구렁텅이로 몰고 가려는지 이해할 수 없네요."

그 여인은 절규에 가까운 목소리로 사정하고 있었지만 듣는 그녀는 계속 묵묵부답이다. 심장을 쥐어짜는 듯한 그분위기를 더 이상 견디지 못하고 그녀와 헤어져 어떻게 집으로 왔는지 기억나지 않았다고 했다.

그리고 몇 개월이 흘러갔다. 다른 여자에게 정신을 빼앗긴 남편은 오직 이혼만을 줄기차게 요구했다. 견디고 버티고 하는 것도 한계가 있었다. 더 이상 버티지 못하고 이혼 법정에 들어가기 전에 마지막으로 헤어지는 것만은 다시 한 번 생각해 보자는 이야기를 하고 싶었다.

"서희 아빠, 다시 한 번 생각해 볼 수 없어요. 보기

싫은 마누라를 생각하지 말고 고3 딸, 중3 아들 두 아이를 생각해서 이혼만은 피하면 안 되겠어요."

"미친년, 그 처녀가 몸을 다 망쳤는데 너 같으면 그렇게 하겠냐?"

자기 자신이 스스로 처녀의 인생을 망쳐놓고 뻔뻔하게 저렇게 말할 수 있는 사람에게 더 이상 미련을 남기는 것은 어리석다는 생각으로 한 치의 망설임도 없이 돌아서기로 마음먹었다고 했다.

끝내 막장까지는 가지 말자는 그녀의 의지는 바람에 나뭇잎 흩날리듯 슬픔만 안겨주고 막을 내렸다.

앞으로 두 아이를 책임지며 눈물 나는 일도 많겠지만 인생의 끝자락엔 웃을 수 있기만을 바라며 온몸을 삶의 불길 속으로 던졌다.

긴 세월이 흘러간 지금 그녀는 웃을 수 있는 여유를 가지고 있다. 성실하게 살아온 만큼 보기만 해도 예쁜 딸과 사위, 아들과 며느리는 그녀가 몸부림치면서 험난한 인생길을 걸어온 피눈물의 대가다.

이제 와서 생각해 보니 그 남자와의 이혼은 탁월한

선택이었다고 자신을 위로하며 살고 있다고 했다. 주위 사람들은 인생의 험한 길을 힘들게 살아 왔지만 최선을 다해 열심히 살았던 그녀에게 참고 살아온 보람이 있다며 찬사를 보낸다.

그러나 지금까지 어두운 세상의 그늘에서 받은 상처와 아픈 마음은 어디에서도 보상 받지 못하리라 생각된다. 그 여인은 어렵게 살아온 기구한 삶이 자신의 운명이었다는 것을 늦게나마 깨달았을까?

빈집털이

공기 맑고 물 좋은 깊은 산속, 소나무가 무성하다 못해 칙칙하게 우거진 곳에 작은 연못이 아름답게 자리 잡고 있다. 약간 도톰한 그곳에 통나무 산장을 지어 놓고 가끔 휴식 차 들러 마음의 안정을 찾아보지만 거의 빈집으로 방치할 때가 많다. 집에 사람이 살지 않으면 빈집털이들이 호시탐탐 노려 볼 텐데 어떻게 방어막을 쳐야 할까?

근심과 걱정이 한꺼번에 밀려오면 마음속의 아픈 상처까지도 생각나게 한다. 빈집털이 도둑들은 전문적인 기술도 있겠지만 지능적으로 사람의 약점을 이용하기도 한다. 그들은 체면을 두려워하지 않는 사람들이기 때문이다. 사회가 험악해지면서 집주인이 있어도 대담하게 약탈하려는 자가 있는가 하면 남의 눈을 의식하지 않고 집이 비어있다고 생각하면 앞뒤 가리지 않고 쳐들어간다.

빈집털이는 골프장에서도 언어를 통해서 발생하는 경우가 있다. 어떤 부부와 운동을 같이 하게 되었는데 남편이 아내의 잘못된 자세를 지적해주면서 갈등이 생긴 것 같았다.

"다리를 덜 벌렸잖아."

남편의 짜증석인 말에

"쫙 벌렸잖아."

앙칼스럽게 되돌아온 여자의 대답이 귓전을 스친다. 자꾸 잔소리를 하는 남편이 다리를 덜 벌려 공이 제대로 방향을 잡지 못하니까 더 벌려야 한다고 신경질을 부린다. 부인은 화가 머리끝까지 올라왔는지

"최대한 쫙 벌렸잖아. 더 벌리면 찢어진다."

그 부부가 하는 소리에 이상하다는 느낌이 들었다. 골프 치는 사람이 무슨 이유로 "쫙 벌려"라는 말을 서

습없이 할 수 있는지 홀컵을 빈집으로 알고 털려고 하는 것은 아닌지, 밤에 부부 관계를 하면서 하는 말인지 분간하기 어려웠다.

인간의 성생활은 삶의 일부분이기 때문에 즐거움이 따라야 하는데 빈집털이에게 당하면 서로 치유될 수 없는 고통으로 마음속에 상처를 받기도 하고 이별을 하기도 한다.

숲속의 작은 연못이 자리한 그곳, 산장이 오래되어 문짝도 고장 나고 방바닥의 장판도 헐거워져 갈아야 한다. 문을 열고 닫는 손잡이도 녹슬어 교체해야 제구실을 할 수 있다. 모든 것을 새것으로 갈아주어야 주인이 방문했을 때 불편하지 않다.

오래되면 갈아주어야 하는 자동차의 보링처럼, 사람도 장기를 바꾸고 혈액을 새것으로 수혈하는 인간 보링시대가 되었다고 하니 살기 좋은 세상인 것만큼은 확실한 것 같다. 보링 한다는 것은 새것으로 바꾸어 원래의 기능을 할 수 있도록 하는 것이다.

산장을 깨끗하게 수리해서 주인만을 위한 빈집을

만들어야 한다. 따라서 철저한 관리도 게을리 해서는 안 될 것이다. 그 집을 그냥 방치해 두면 빈집털이의 공격대상이 되기 십상이다. 특히 깊은 산속의 빈집은 썩은 고기를 처리하는 하이에나 같은 존재들의 먹잇감이 되기도 한다. 빈집만 털이가 있는 것은 아니다. 세상을 애잔하게 혼자 사는 여인네들을 호시탐탐노리는 인간 하이에나, 그들은 썩은 고기건 생고기건 가리지 않고 먹어 치울 것이다. 요즈음에는 아파트에도 빈집털이가 많다고 한다. 그들은 혼자 사는 여인네들을 노리는 하이에나나 마찬가지이기 때문이다.

한 달 두 달 주인이 찾지 않아 빈집으로 있다고 해도 아무라도 함부로 받아들이면 안 된다.

한 번 들어가면 나오고 싶지 않은 편안한 산장, 영원히 마음을 묻어 버리고 싶은 집이면 좋을 것이다. 깊은 산속에 있는 산장이나 홀로 사는 여인들도 빈집털이가 집 안에 발을 들여 놓게 하는 허술함을 보여서는 절대 안 될 것이다. 그것은 불행의 첫 걸음이 되기 때문이다.

"빈집털이 양반, 함부로 남의 집에 들어가지 마시오. 잘못하면 패가망신 할 거요."

집주인이 술 한 잔에 취해서 문을 활짝 열고 들어가면 "빨리 들어오세요." 이렇게 상냥하게 반겨주는 빈집, 그 빈집에서 인생의 참다운 맛을 느끼며 행복하게 살아가는 그런 세상이 되었으면 한다.

이별 연습

동서고금을 막론하고 고부간의 갈등은 있다고 한다.

한 지붕 아래 45년을 살면서 미운 정, 고운 정이 흠뻑 들었을 어머니와 아내 사이에서 줄타기를 해야 하는 나 역시 모든 남편들의 비애 같은 것을 느낀다. '새우싸움에 고래 등 터진다.'는 말도 있다. 그 고래 등은 이제 닳고 문드러졌을 법도 하건만 이 세상에 지긋지긋한 고부간의 전쟁은 쉽사리 없어지지 않으리라.

때로는 알콩달콩 싸움할 상대가 있어서 세상 살아가는 맛을 느낄 때도 있을 것이다. 그래도 우리 집사람은 시어머니를 성심껏 모시는 편이라 그나마 다행이라는 생각이 든다.

얼마 전, 독한 감기에 걸린 엄니를 모시고 병원에 가는데 잘 걷지를 못한다. 진료를 마치고 돌아오는 길에 내가 부축을 했으나 주차장까지 걸어갈 힘이 없어 길가 의자에 쓰러지다시피 주저앉고 말았다. 업어 보려 하니까 가볍던 엄니의 몸이 천근만근 무거워 안간힘을 써 봐도 업을 수 없어 둘이 함께 의자 밑으로 나뒹그러졌다.

옛날 어른들의 말씀 중에 '몸을 부린다.'는 말이 있는데 죽을 때나 몸이 아파 힘이 빠지면 가볍던 몸이 돌덩이처럼 무거워진다고 한다. 이제까지 자신의 등에 힘들게 짊어졌던 희망도, 절망도, 즐거움과 슬픔까지도 모든 짐을 내려놓을 준비에 들어가신 걸까? 이승과 저승의 갈림길에서 방황하고 계신 게 분명한 것 같다.

허깨비같이 가벼운 엄니를 업었을 때는 그 마음 헤아려 드리지 못한 죄책감에 눈물 몇 방울 흘리고 말았는데 쇳덩이보다 더 무거워진 엄니라니!

백수가 될 때까지 병원에는 가지 않고 살아갈 수 있을 것이라 생각했던 엄니가 걷지 못한 것을 보면서

"엄니 건강해야 백수잔치하제." 귀에 대고 큰소리로 외쳐보지만 그 말은 메아리가 되어 내 가슴을 때릴 뿐이다.

우린 어린이날을 제정하여 함께 축하하며 즐거워한다. 어린이가 되어버린 엄니를 보면서 늙은 어린이날이라도 만들어 위로해주었더라면 후회가 덜 남았을까?

엄니가 저 세상으로 갈 때까지 꼭 행복하게 해드리고 싶었는데 마음대로 되지 않는다. 삶과 죽음은 오직 자신의 운명에 따라 흘러가기 때문이다.

엄니는 요즘 감기를 앓고 나더니 계속 헛소리를 한다. 이불을 보자기에 싸서 돌아가신 아버지에게 갖다 주라고 재촉하는 것을 보면 아마도 정신줄을 놓아버린 것 같다. 99년이라는 세월을 살아오면서 크게 아프지 않았는데 몸을 부리는 것을 보면 인생의 끝자락에서 한 몸이었던 영과 육이 이별연습이라도 하는 것인지 혼돈 상태다.

정신이 혼미해져 헛소리를 하고 몸을 가누지 못하

는 엄니를 이제 요양병원으로 모셔야 할 것 같다. 그곳에 가면 고독과 슬픔으로 일찍 죽음을 맞이하게 된다는데 이일을 어찌하면 좋을까? 더도 말고 제발 백수까지만 아들, 며느리와 함께 살기를 바랐는데 지금까지 잘도 버티더니 짧디 짧은 1년을 못 채우고 기어이 저승길로 떠나려 하신다.

자식들을 잘 키워놓고 북망산천 그 먼 길을 혼자서 찾아 헤매는 울 엄니는 지금은 어디쯤에서 헤매고 있는 것일까?

"엄니 정신줄 놓치마. 제발 정신 차리라고. 백수잔치는 해야 할 거 아니여."

소리 없는 통곡을 해보지만 나의 통곡을 알고나 있을까? 애가 닳은 늙은 아들과 어쩌다 눈이라도 마주치면 엄니의 눈에도 슬픔이 가득하고 눈물이 두 볼을 타고 흘러내리는 것을 볼 때면 가슴이 무너지다 못해 찢어지는 것 같다.

울엄니 백수잔치는 꼭 차려드리고 싶은 아들의 마음을 알아줬으면 하는 생각에 오늘도 가슴만 먹먹하다.

폐부를 찌르는 목소리

　필리핀의 세부섬, 골프동호회 회원들과 떠난 골프 여행이다. 변덕스러운 날씨가 이따금 마음속에 맺힌 한스런 일들을 생각하게 한다. 건강이 좋지 못한 엄니를 요양원에 입소시키면서 이번 여행을 갈까말까 망설였지만 모임에서 빠진다는 것은 예의가 아닐 것 같아 합류한 세부섬 골프클럽이다.

　3주간의 운동이 끝나고 내일이면 귀국 하는 날인데 새벽에 전화가 걸려왔다.

　"여기 보훈요양원인데요."

　간호사의 목소리가 다급하게 들려온다. 순간 엄니에게 무슨 일이라도 생긴 것이 아닐까 가슴이 덜컥 내려앉는다.

어젯밤 어머니에게 수면 유도제를 드렸는데 약효가 없었는지 잠을 주무시지 않고 계속 실내를 돌아다니는 바람에 주위의 노인들이 밤잠을 설쳤다고 한다.

잠을 못 이룬 노인들의 불만이 크고 계속 아들만 찾아서 할 수 없이 전화를 하게 되었으니 이해하고 받아보라면서 엄니를 바꾸어 주었다. 잠시 후, 엄니의 폐부를 찌르는 말소리가 들려왔다.

"아들아, 나 죽것다. 나 좀 살려주어야."

"엄니, 조금만 참아봐."

"아니야. 죽을 것 같애. 이곳에서 못 살아야."

"엄니, 내일 가니까 기다려, 갈게."

떨리는 목소리에 발음까지 정확하지 못해 무슨 말을 하는지 분간하기도 힘든 98세의 엄니와의 통화는 가슴이 찢어지는 아픔이었다.

몸을 제대로 가누지도 못하고 용변까지 혼자서 해결하지 못하는 고령의 엄니와 양 무릎에 인공관절을 하고 조금만 걸어도 발등이 붓는가 하면 거기에 역류

성 식도염과 담석에 염증이 생겨 병원을 계속 들락날락하는 아내 사이에서 얼마나 많은 갈등의 세월을 보냈던가!

늙은 아내가 더 늙은 시엄니를 모시고 사는 것은 너무나 힘든 일이라고 충분히 이해하면서도 마음속에 응어리가 남아서 내 인생을 우울하게 했던 시간들이 벌써 15년이 흘러갔다.

조금 전에 통화했던 떨리던 엄니의 목소리가 아직 끝나지 않고 계속 된다.

"여긴 감옥이야. 나를 죽일 작정이냐."

"엄니, 거기 계신 노인들하고 잘 지내봐."

"아니야, 난 여기 있으면 죽지 못 살아야."

간호사가 엄니한테서 전화기를 뺏더니 염려 말고 편히 계시다가 오란다. 엄니는 눈물로 하루하루를 보내는데 자식은 머나먼 필리핀에서 마음 편하게 있을 수 있을까?

젊었을 때에는 술에 중독이 된 아버지에게 많은 구

박을 당하고 살았기 때문에 늙으면 편히 모시자고 수백 번 마음속으로 다짐했건만 아내와 나 사이에 생긴 벌어질 대로 벌어진 갈등의 장벽을 좁히지 못하고 결국 창살 없는 감옥에 엄니를 모신 죄인이 되고 말았다. '아들놈 넷이 있으면 무엇 하랴, 딸년들 넷이 있으면 무엇 하랴.' 내 가슴에 맺힌 원한마저 솟구친다.

폐부를 칼로 찌르는 엄니의 목소리가 귓전을 계속 때리고 있다.

"여긴 감옥이야. 나를 죽일 작정이냐?"

아들의 마음속에는 계속 눈물이 흐른다. 엄니를 편히 모시지 못하고 현대판 고려장인 요양원에 입소시킨 자신이 한없이 원망스럽기 때문이다.

내년이면 백수(白壽)가 되는 엄니를 위해서 잔치를 해드리고 싶은 아들의 심정은 그때까지만 돌아가시지 말고 꼭 살아주셨으면 하는 마음뿐이다.

기쁨과 슬픔의 잔치

인생길은 가시밭길이던가? 비단을 깔아놓은 호화로운 길이던가? 누군가는 짧게 살다가 가고 또 다른 사람은 천수를 누리고 살다가 편한 마음으로 눈을 감는다. 모두가 타고난 자기의 천복대로 살다가 가는 것이 인생이라는 생각이 든다.

오늘 곱디 고운 한복을 차려 입은 백수의 우리 엄니! 얼굴은 온통 주름살투성이이고 머리는 새 하얀 파뿌리가 되었지만 자식들과 손녀들이 한자리에 모여 즐거운 시간을 갖게 된 것이 어찌 보면 이 세상에서 받은 최고의 선물이 되지 않을까? 우리를 풍요롭게 먹이고 입히지 못한 미안함으로 평생을 살아오신 마음

따뜻한 엄니를 보면서 이 세상 어머니들의 사랑을 단편적으로 대변하는 이야기가 생각났다. 『떡과 포도주』를 저술한 이탈리아 작가 지오반니는 젊은 시절 무서운 병에 걸려 투병생활을 하면서 다방면으로 치료했지만 아무런 효험이 없었다. 그때 누군가 그의 어머니에게 인육을 먹여 보라고 말해 주었다. 그녀는 지푸라기라도 잡는 심정으로 자신의 허벅지 살을 베어 요리를 해서 아들에게 먹였고 놀랍게도 아들의 병은 호전되어 갔다.

어느 날, 아들은 그 고기가 또 먹고 싶다고 부탁했다. 어머니는 몰래 자신의 허벅지 살을 베다가 동맥을 잘라 정신을 잃고 말았다. 쓰러진 어머니를 발견한 그는 그때서야 자신이 먹은 고기가 어머니의 살점인 것을 알고 큰 충격을 받아 통곡을 했다고 한다.

이처럼 어머니들은 자식들을 위해 자기의 살을 베어 먹일 수 있는 깊은 사랑을 갖고 있다. 나는 악착같이 공부해서 성공하겠다는 마음보다 진심으로 우리 엄니를 누구보다 호강시켜 드리고 싶다는 마음이 가슴속 깊은 곳에서 꿈틀거리고 있었다.

기쁨과 슬픔이 함께 하고 있는 마지막 잔치에서 엄니에게 자식으로 인사말을 드리면서 그동안 키워주시고 보살펴 주신데 대하여 감사와 위로의 말씀을 드렸다. 그리고 천수를 다 할 때까지 최선을 다해 모시다가 이별의 날이 오면 눈물대신 잘 가시라는 노래를 불러 드리겠다고 마음속으로 다짐했다.

엄니는 이 잔치를 즐기는가 싶더니 마지막을 예감한 듯 이내 검은 눈동자에 이슬 같은 눈물이 맺힌다. 그 눈물 속에서, 어미 닭이 병아리를 날갯죽지 밑에 넣어 품어주듯 자식들을 품안에 안고 안간힘을 쏟던 그 따뜻하고 그윽한 정을 아직도 간직하고 계신다는 것을 느낄 수 있었다. 눈물이 내 가슴속을 쥐어짜는 것 같았다. 오늘 이런 잔치를 베풀 수 있도록 오래오래 살아주신 엄니에게 무척 감사하다는 생각을 했다.

주름살투성이의 얼굴이지만 눈가에 엷은 미소가 흐

사랑과 증오의 사잇길

르면서 행복해 하시는 모습을 보니 자식 된 도리로 흐뭇한 마음이 들기도 했다. 이렇게 고운 모습으로 팔남매를 낳아 기르시고 아들 며느리, 딸과 사위가 손자 손녀를 얻어 다복한 가정을 이룬 것도 고맙고 오랜 세월을 크게 아프지 않고 살아주신 것도 감사하다.

무엇보다 엄니 백수잔치를 계기로 우리 형제들 간에 우애를 돈독히 하고 오랜만에 웃음꽃으로 화목을 다지는 시간을 갖게 된 것이 서로의 가슴속에 아름다운 꽃으로 피어났으면 한다. 아무쪼록 즐겁고 행복한 날로 영원히 기억되기를 바라는 마음이다.

세상에서 가장 기분 좋은 행사였지만 다른 한편으로는 슬프디 슬픈 하직인사라고 생각하니 가슴이 찢어지는 듯 아프기도 했다. 잔치가 끝나고 요양원으로 모셔다 드리면서 또 한 번 흘러내리는 눈물은 어머니의 마지막 모습으로 각인되면서 영원히 기억 속에 남으리라.

5부 여행처럼 떠나는 인생

야자수 사이로 떠오르는 태양

웃음에는 종류도 다양하다. 너털웃음, 눈웃음, 함박
웃음이 있는가 하면 어린아이의 해맑은 웃음도 있다.
이렇게 웃음은 인간들이 살아가는데 활력을 불어
넣어 일상생활을 하는데 많은 도움을 준다.

맑은 영혼아 쉬엄쉬엄 가렴

바다처럼 파란 하늘 위로 하얀 뭉게구름이 흘러간다. 세월이 바람에 낙엽처럼 우수수 떨어지면 언젠가는 가야 할 곳으로 가야 한다. 누구나 가는 길, 서글퍼해서도 가슴 아파 해서도 안 될 것이다.

인생은 바람 같은 것이다. 욕망이 아무리 커도, 사랑이 아무리 깊어도, 증오가 아무리 가슴을 찔러도, 바람처럼 아무것도 남기지 않고 떠돌다 떠돌다 사라져 간다.

살다보면 가시밭길도 꽃길도 만나게 되지만 행복을 만나서 즐겁게 살아보려고 노력한다. 어찌 보면 그것이 우리들의 꿈꾸는 삶인지도 모른다.

행복은 언제나 우리 곁에서 떠날 듯 떠날 듯 떠나지 않고 굳건하게 지켜주는 것이 아닐까 혹여 불행이 찾아온다고 해도 인간은 어쩔 수 없이 순응하며 살아야 한다.

인생길에 결혼이라는 인연으로 사랑과 미움과 정을 쌓으며 검은머리 파뿌리 되도록 아옹다옹 살아도 보았고, 그 삶의 끝에 구름이 흘러가듯 떠돌아다니면서 한때는 불행하게 또 한때는 행복하게 살다가 언젠가는 소리 없이 왔던 길로 가야 하는 인생길이 아니던가. 인생이란 빈손으로 왔다가 빈손으로 돌아간다.

아무것도 머물게 하지 못하고 떠나야 한다면 그것만으로 만족해야 하지 않을까? 한때는 인생을 치열한 경쟁 속에서 살아 보았으니 이제부터는 행복하게 살아갈 이유이기도 하다.

그러한 세월의 흐름 속에서 내 영혼은 우리들 주변의 자연환경과 마음속으로 아름다운 대화를 나누며

사랑과 증오의 사잇길

살다 가야 할 운명인 것이다.

내가 살고 있는 명지산 허리는 깨끗한 지하수로 몸과 마음을 청결하게 하고 맑은 공기가 허파를 즐겁게 해준다. 가끔 소나무 사이로 바람이 휘~익 옷깃을 스치고 지나간 자리엔 나무 울타리 위에서 다람쥐가 곡예를 하고 산장 앞 작은 웅덩이에는 밤새껏 멧돼지가 목욕을 즐긴다.

숲속에서는 고라니가 놀이터 삼아 즐겁게 뛰어 노는 곳에 그물 침대를 걸어 놓고 내 영혼이 인생의 종착역을 향해 쉬엄쉬엄 늙어 가도록 육신을 편안히 쉬게 한다.

이렇게 내 마음에 꼭 드는 좋은 환경에서 노후를 안락하게 보낼 수 있음에 감사드린다.

핸드폰에 저장된 '인생은 나그네길'을 들으면서 스르륵 잠이 든다.

'인생은 나그네길 어디서 왔다가 어디로 가는가.'

나는 어디서 왔지? 내 자신에게 반문한다.

'구름이 흘러가듯 떠 돌아가는 길에 정일랑 두지 말
자 미련일랑 두지 말자.'

넓은 하늘에 흘러가는 구름이 한없이 부러울 때가
있다. 비 오는 날에 골짜기를 따라 올라오는 운무는
고고(高孤)하게 흐르는 신선을 닮았다.

호남정맥 명지산 구간 등산길에 빽빽하게 들어서 있
는 푸른 소나무 그리고 밤하늘에 밝게 떠오르는 달과
캄캄한 우주공간에서 반짝거리는 별들을 벗 삼아 내 인
생은 미련 없이 후회 없이 어딘가로 흘러갈 것이다.

그래서 인생은 한 번 왔다 떠나는 나그네길인가?

웃는 모습

지구상에 존재하는 인구는 얼마쯤 될까?

2019년 통계로 77억 명 정도 된다고 한다. 그렇게 많은 사람들 중에 같은 얼굴 같은 모습을 한 사람은 하나도 없다. 각양각색이다. 거기에 백인, 황색인, 흑인 등 얼굴 색깔도 다양하다. 많은 사람들이 모여 살고 있는 이 세상에 웃고 사는 사람들이 많다면 이 사회는 행복으로 가득 채워질 것이다.

웃음이란 "웃는 일 또는 그런 소리나 표정"이라고 했다. 즉, 기쁘거나 즐거울 때 또는 우스울 때 자연스럽게 웃는 것이 웃음이다. 속담에 '웃는 얼굴에 침 못 뱉는다.' '웃으면 복이 온다.' '좋은 일이 생겨서 웃는 것이 아니고 웃어야 좋은 일이 생긴다.'라는 등 웃음에 대한 이야기는 많다. 그리고 웃음에는 종류도 다양하다. 너털웃음, 눈웃음, 함박웃음이 있는가 하면 어린아이의 해맑은 웃음도 있다. 이렇게 웃음은 인간들이 살아가는데 활력을 불어 넣어 일상생활을 하는데 많은 도움을 준다.

항상 내 주변에서 서성거리는 여인이 있었다. 그녀는 언제나 밝은 얼굴로 웃으며 많은 사람들의 마음을 사로잡았다. 웃는 모습이 아름다운 여인을 보면서 오늘도 행복한 하루를 보냈다는 생각을 한다. 그리고 웃음에 찬사를 보낸다.

활짝 웃는 사람들의 성격을 들여다보면 솔직하고 진실하며 열성적이다. 어떤 일을 결정하면 바로 행동으로 옮기고 자발적으로 남을 도와주며 우정도 깊어 주위 사람들과 잘 어울린다. 활발한 성격으로 자신의 감정을 감추지 않는 명랑하고 선량한 사람들이 많다고 한다.

웃으면 복이 온다는 말이 있다. 습관적으로 웃고 살면 부정적인 생각이 긍정적인 생각으로 바뀐다고도한다. 몸의 세포에 긍정적인 생각이 채워져 면역력이증가하기 때문이라 하고 진심이 얼굴에 베여 있는 웃음으로 주위 사람들을 상대하면 인간관계에 친밀감이생긴다.

얼굴은 영혼의 통로라는 뜻을 의미한다고 한다. 영혼이 통하는 길이 얼굴이라는 뜻일 것이다. 그 얼굴에항상 웃음을 띠는 것은 자기 자신의 즐거움뿐만 아니라 서로 간에 긍정적인 소통을 의미하기도 한다.

좋은 웃음은 가식과 위선으로는 만들어지지 않는다. 진심이 배여 있는 웃음은 쉽게 상대와 공감할 수있기 때문이다. 웃으면 첫인상이 좋아 보이고 크게 소리 내어 웃으면 스트레스가 해소되고 피로가 풀리는느낌이 든다.

사람들의 웃는 모습은 그래서 하나 같이 예쁘다. 웃음이나 울음은 인간만이 가지고 있는 자기감정을 표현하는 방법이기 때문이다.

지금의 이 사회는 삭막하고 각박하다. 언제부턴가 웃음을 잃어버린 사람들이 주위에 많이 있다. 먹고 살기 위한 생존 경쟁이 너무 치열해서 영혼의 통로는 막혀 버리고 우리 주변에는 찬바람만 쌩쌩 불어 얼어붙은 통로와 같은 느낌이 든다.

우리 사회가 웃음을 되찾아 행복한 사회로 갈 수 있으면 좋겠는데 그렇게 되려면 가슴을 열고 역지사지(易地思之)할 때 삶의 질은 높아 질 것이다. 마음이 풍족한 사회, 그 뒤에 찾아오는 것이 사람들이 활짝 웃는 모습이 아닐까 생각된다.

영혼이 행복해야 너털웃음, 함박웃음도 가식 없이 웃을 수 있지 않을까? 우리들 주위에 항상 웃는 모습의 사람들이 활개를 칠 수 있는 사회가 되기를 진심으로 빌어 본다.

추억의 나트랑

동양의 나폴리라고 부르는 베트남의 나트랑 해변, 모래사장이 그믐달처럼 완만하게 곡선을 그리며 뻗어 있는 곳이다. 실로 반세기 만에 결코 잊을 수 없는 이곳을 다시 찾아왔다.

베트남 전쟁에 참전했던 백마부대 장병들이 C-레이션으로 점심을 먹었던 그때의 추억이 푸른 파도를 타고 하얀 뭉게구름과 함께 가슴에 와 닿았다.

먼 옛날 화염에 휩싸인 나트랑과 지금의 나트랑을 보니 우리의 젊음도 하늘에 흘러가는 구름처럼 흔적 없이 그렇게 흐르는 것 같아서 허전한 생각이 들기도 했다.

나트랑 해변에 첫발을 내딛는 순간 '이제 곧 죽을 수도 있겠구나' 이런 생각을 하면서 그 당시 사이공 (지금의 호치민)에서 하노이를 연결하는 일번국도를 따라 닌호아까지 군용트럭을 타고 달려갔던 추억의 길이다. 백발의 노인이 되어 그 길을 택시를 타고 달리면서 회한에 젖는다. 생사를 같이 한 전우들의 영혼이 베트남 하늘을 떠나지 못하고 방황하고 있지는 않을까 하는 마음은 아직도 생생하게 살아있는 그때의 전우애 때문이다.

사단의무 중대에서 크레모아를 잘못 건드려 죽음 직전인 부상 장병을 보게 되었다. 폐부를 찌르는 단발마의 울부짖음, 그는 군의관에게 살려 달라고 애원하고 있었다. 생의 마지막 애착을 생생히 들으면서 느꼈던 고통이 내 귓전에서 맴돌며 안타까워했던 옛 기억이 새롭다.

베트남 전쟁은 한국군이 전쟁 초기 직접 전투에 참전했을 때 우리에게 제공되는 야전식과 포탄 등 전쟁

물자가 미국이 제2차 세계대전 당시 만들어 쓰고 남은 군수 물자를 소모하기 위한 전쟁이었다. 전쟁 물자와 함께 한국의 젊은이들이 소모품으로 전락해 버린 가슴 아픈 과거의 한 단면이기도 하다.

닌호아에 도착한 후, 참전 당시 근무했던 부대 주둔지를 찾았다. 오랜만에 찾아온 추억이 깃든 곳이었지만 그때 정글에 버려져 막사나 진지를 구축했던 흔적은 어디에서도 찾아볼 수 없었다. 다행하게도 부대를 드나들면서 검문했던 위병소 기둥만이 덩그렇게 남아 있고 기둥에 난사된 총탄 흔적이 그때의 전쟁 상황을 이야기 하는 것 같았다.

낯선 나라에 용병으로 끌려가 죽거나 부상으로 고통을 받았던 참전용사들! 전쟁터에서 아무런 의미 없이 목숨을 잃은 전우들의 넋을 위로해 보지만 그 상처는 어느 누구도 보상해주지 못할 것이다.

우리나라는 베트남 파병으로 수많은 전사자와 부상 장병들의 피의 대가로 경제 발전에 눈부신 성장을 했고 지금의 국가발전에 발판이 되었다. 전쟁에 참전한 한 사람으로서 피 끓는 젊은이들의 목숨 값을 결코 잊어서는 안 될 것이고 역사에 영원히 기억되기를 바라는 마음이다.

나트랑 호텔에서 하룻밤을 묵으며 전쟁이 끝난 후 엄청난 발전을 거듭해온 베트남의 관광시설들과 도시의 발전상을 보면서 그 옛날 비 피린내 나는 전쟁의 중심에 있었던 이곳은 아픈 상처쯤은 잊은 지 오래인 것 같았다.

내 인생에 젊음이 가장 용솟음 쳤던 시절에 참전했던 베트남 전쟁은 역사 속으로 서서히 묻혀가지만 전우를 잃은 아픈 마음은 아물지 않는 비극으로 영원히 간직되어 남아있으리라.

사랑과 증오의 사잇길

영화 콰이강의 다리

콰이강은 태국 칸차나 부리 지역에 위치해 있는 비교적 넓은 강이다. 이 강의 다리가 유명한 관광지가 된 것은 영화로 상영 되면서부터다. 감성적인 나이에 이 영화를 보면서 꼭 한 번 현지에 가보고 싶다는 생각을 한 것이 아주 옛날이었다.

일본이 전쟁을 하기 위해 태국의 방콕과 버마의 랑군(현재는 미얀마의 양곤)을 잇는 철교를 건설하기 위한 공사를 하면서 시작된다.

이 다리는 1943년 완공 당시에는 목조교량이었으나 석 달 후 철교로 바뀌고 1944년 연합군의 폭격으로 파괴되었다가 전쟁이 끝난 후 복구되었다고 한다. 현재는 관광지로 개방되어 많은 관광객이 찾고 있으며 가끔 기차가 통과 하는 것을 볼 수 있고 선로 옆으로 공간을 만들어 달리는 기차를 피할 수 있게 했다.

현지 관광을 하기 전에 이 영화를 다시 한 번 보고 싶었다. 오랜 옛날에 가슴 조아리며 보았던 영화를 인터넷에서 다운받아 마음 설레면서 스크린 속으로 빠져 들었다.

제2차 세계대전 중 태국의 밀림 속 콰이강 주변에 자리 잡은 일본군 전쟁포로수용소를 배경으로 영국군 포로들이 다리를 건설하기 위해 휘파람을 불면서 수용소로 행진해 들어온다.

남루한 군복과 먹지 못해 피골이 상접한 모습, 밑창이 떨어져 나간 너덜너덜한 군화를 신었지만 씩씩하게 수용소로 들어오는 영국군 포로들, 입소부터 니콜슨 대령(알렉기네스)과 완강한 일본군 장교 사이토 대령(하야카와셋슈)과의 다리 건설에 따른 고집스러운 의지의 대결이 펼쳐진다. 투철한 군인 정신과 진실한 인간

성의 갈등으로 마찰을 빚지만 은연중에 서로 마음이 통하는 것을 느낀다.

니콜슨 대령은 부하를 사랑하는 마음으로 포로 장병들을 통솔하고 수용 소장을 심리적으로 압박한다. 장교는 일할 수 없다는 전쟁 수칙을 주장하고 장교도 일을 해야 한다는 포로수용 소장과 의견이 맞서 다리를 세우는데 실패를 거듭한다. 결국 자기의 주장을 관철시킨 니콜슨 대령은 영국군이 일본군 보다 우월하다는 것을 보여주기 위해 교량의 위치를 바꾸고 건설에 온 힘을 쏟는다.

한편 포로수용소를 탈출했던 미국 해군 쉬어즈 소령(윌리암 홀덴)은 영국군의 요청으로 특수 부대를 이끌고 다리 폭파를 위해 돌아와 폭약을 설치한다. 군용열차가 완공된 다리를 통과하기를 기다리던 중 일본군 경비병에게 발각되고 특수부대원들은 전사한다.

강물이 줄어 설치된 폭파장치의 도화선이 모래 바닥에 들어나고 이것을 발견한 니콜슨이 경악하면서 폭파 스위치가 있는 곳까지 찾아 간다.

군용열차는 다리를 향해서 달려오는데 설치된 장치를 눌러야 할 때 다리 건설을 총 지휘했던 그가 총에 맞고 비틀거리다가 폭파 장치 위로 쓰러진다. 영국군 포로들이 모든 힘을 쏟아 건설했던 교량이 폭파되고 열차가 다리 밑으로 낙엽처럼 떨어지는 장면이 이 영화의 클라이맥스다.

니콜슨은 자기가 목숨 걸고 세운 다리를 지키기 위해 노력하지만 너무 쉽게 무너지고 폭파와 함께 포로수용소장 사이토를 삼키면서 영화는 끝난다.

휘파람 행진곡으로 유명했던 영화 콰이강의 다리, 전쟁의 잔학성을 직접 체험하는 효과를 주어서 눈시울을 뜨겁게 했던 영화라고 생각되었다. 포로수용소에서 조차 자존심을 지키려던 영국군도, 전쟁에 눈먼 일본군의 야욕도 그들에 대한 아픔과 참상만 남기고 한순간에 사라지는 영화를 보면서 전쟁이 남긴 잔상만 수많은 사람들의 심장 속으로 파고드는 역사와 교훈을 남겼다.

고등학교 학생시절 기억하고 있던 '콰이강의 다리'

영화를 다 늙어서 다시 보아도 이 땅에 어떤 이유로든 전쟁만은 절대 용납할 수 없다는 것을 상기시켜 준 영화다.

아카데미상 7개 부문을 수상한 작품으로 미국 사회에서 문화적, 역사적, 미학적으로 후세에 영원히 남을 훌륭한 작품으로 인정받았다고 하니 먼 훗날까지 이 지구상에 존재하는 모든 인간들에게 보여주며 오래오래 마음속에 남아 쉽게 잊히지 않을 것이다.

비상(飛翔)하지 못한 공작

태국의 후아힌코리아 골프클럽, 티샷위치에서 그린 사이의 잘 다듬어진 잔디, 페어웨이에 야생공작이 떼지어 놀고 있는 것이 자연 속에 한 폭의 그림 같다.

공작은 날개가 퇴화되어 먼 거리를 날지 못하는 것이 특징이다. 가까운 나무 사이를 겨우 날 수 있는 새, 그러니까 비상하는 능력이 점차 떨어져 대자연의 동물원에 갇혀 버린 새가 되지 않았을까? 날개는 호화롭고 눈부신 색상을 띠고 있으며 꼬리 부분을 펴면 마치 부채를 펼친 것처럼 아름다운 자태를 자랑한다.

하늘을 훨훨 날아다닐 수 없는 서러움과 아픔을 품

고 살아야 하는 슬픈 새의 표본, 그들에게도 주위에 위험은 항상 도사리고 있다. 그것은 가끔 들개 떼들의 공격을 받아 죽음을 당하기 때문이다.

야생으로 살아가면서 인간에게 즐거움과 볼거리를 동시에 만족시켜주는 공작인데 어느 날 잔디 위에서 날개를 활짝 펴 비상하려는 순간 숲속에 숨어 있던 들개들이 떼 지어 공격해 공중으로 날아오르지 못하고 먹잇감이 되고 말았다.

비상에 실패하고 죽음을 당한 공작은 온몸이 찢기고 아름답던 날개는 모두 뽑혀 일생을 마감한 것이다. 동물들의 세계에는 철저하게 약육강식의 법칙이 존재한다는 것을 눈으로 확인하는 순간이었다.

아름다운 공작의 갈가리 찢긴 사체를 보면서 가슴이 얼마나 아팠는지 모른다. 인간도 공작처럼 비상하지 못하고 추락하는 사람이 많이 있기 때문이다. 세상을 성실하고 정직하게 살아가는 사람들 중에 공작처럼 들개 떼에게 희생되는 사람들이 더러 있다.

그들은 손 잘 비비고 윗사람들에게 잘 보이려고 수단과 방법을 가리지 않는, 들개들처럼 비열한 사람들에게 이리 밀리고 저리 밀려 항상 뒤쳐진다. 그렇게 되면 개 떼들의 먹잇감이 되는 공작처럼 갈가리 찢기고 상처를 받기도 한다.

어디 그것뿐이겠는가, 사업을 하던 큰일을 하던 일감을 얻었다 하면 정치인이나 권력을 가진 사람들을 총동원하여 물었던 일감을 빼앗아 가는 것이 흔하게 발생한다. 사업도 출세도 품격을 갖추고 성실하게 살아가는 사람들이 인정받는 세상이 되었으면 좋겠지만 일감이 목구멍으로 거의 넘어갔는데 갈고리를 넣어서 빼내가는 세상이 지금 우리가 살고 있는 사회 구조다.

그렇게 해서 부자가 되고 출세하면 그만이라는 생각이 우리 사회에 팽배해지고 있는 것이다. 비상 하려든 공작이 결국 들개의 먹잇감 신세가 되고 마는 험난한 세상이 가슴 아플 뿐이다. 모두가 그렇다는 것은 아니지만 그런 경우가 많다는 것을 말하고 싶다.

사랑과 증오의 사잇길

자기의 이익을 위해서라면 앞뒤 안 가리고 아부하는 사람들만이 이 사회에 적응하면서 살아간다는 생각이 든다.

불의한 사람들이 여유롭게 비상하는 잘못된 사회가 결코 되어서는 안될 것이다.

비상하지 못하고 들개에게 물어 뜯겨 죽은 공작을 보면서 우리 사회의 잘못된 단면을 연상케 해서 안타깝고 씁쓸했다.

아자니공 추모공원

　외국여행은 새로운 문화와 환경을 보고 느끼고 배울 수가 있어서 언제나 호기심으로 떠나는 사람들이 많이 있다.

　미얀마로 문학기행을 가기로 하면서 그 나라에 대한 역사와 문화 등을 알고 배워 마음속에 담아 올 것을 생각하며 떠난 여행이었다. 그렇게 시작된 여행은 쉐다곤 파고다(SHWEDAGON PAGODA)를 보면서 불교 유적지가 이렇게 웅장하고 화려하다는 것을 새삼스럽게 느낄 수 있었다.

　지금으로부터 이천육백 년 전 부처님이 살아계실 때 머리카락 8개를 가져와서 세웠다는 탑, 주변의 땅을 깊이 파서 호수를 만들 정도의 많은 흙으로 56미터를 돋우고 그 위에 99미터의 탑을 쌓았다고 하니 인간의 무한정한 능력을 느낄 수 있는 곳이기도 했다.

미얀마에서 가장 유명하며 섬세한 조각품들로 여행자들의 마음을 사로잡고 있는 곳으로 이 나라 국민들에게 자존심과 경배의 대상으로 현지인들의 참배가 끊이지 않는 곳이라고 했다.

이 탑에 사용한 금의 양이 약 7톤이며 다이아몬드와 루비 등 각종 보석으로 치장되어 있고, 저녁노을이 질 무렵에는 노을빛과 탑에서 나오는 광채가 더욱 아름답다고 한다.

그렇게 아름다운 쉐다곤 파고다 야경을 보면서 가슴 한가운데 아쉬움이 남아 있는 것은 무엇 때문일까? 어제 찾아갔던 미얀마의 영웅 아웅산 장군을 추모하기 위해 만든 아자니공 추모공원에서 보았던 대한민국 순국 사절단의 초라한 추모비 때문이었다.

미얀마 열대의 지열이 뜨겁게 몸부림치는 곳에 우리의 아픔이 함께하고 있었다. 그것은 '영혼을 담은 대지'라는 제목의 추모 글이었다.

이 추모비는 1983년 10월 9일 아웅산 묘역에서 순직한 대한민국 순국선열들의 영령과 추모객이 하나로 만나게 되는 숭고하고 경건한 장소다. 검은 주조색의 돌에 작은 글씨로 이들의 이름이 새겨져 있다. 주변의 화려하고 웅장한 쉐다곤 파고다와 작고 소박한 대한민국의 추모탑은 묘한 대조를 이룬다.

추모비 문구가 적혀 있는 벽 사이의 틈은 정확히 사건 현장을 가리키고 우리는 그곳을 통해 고인들을 기리며 의미를 가슴속에 간직한다. 추모 공간과 입구 사이의 경계에는 원형 구슬들이 빛을 담고 현실을 반영한다. 추모비는 '한국과 미얀마의 우정과 화합을 상징하며 평화와 상생의 길을 열어 가는 이정표가 될 것이다'라고 쓰여 있었다.

이 비를 세우기 위해 미얀마 정부와 오랜 세월 협상을 하면서 겨우 이 정도의 규모로 밖에 추모의 장을 만들지 못했을까 가슴 한쪽이 아려 오는 것 같았다.

사랑과 증오의 사잇길

빗돌에 새겨진 글을 읽어 내려가면서 더 감동적으로 그때의 아픔을 우리 국민들의 가슴속에 새겨 넣어 오래도록 슬픔을 잊지 않게 쓸 수는 없었을까? 너무 형식적인 문장들에 대한민국을 대표하는 수많은 분들의 목숨을 앗아간 슬픔이 담겨 있지 않는 것 같아 아쉬운 마음이 들었다. 폭탄테러가 있던 날 텔레비전 뉴스에서 방영되는 장면이 아직도 생생하게 머릿속에 남아 있다.

자욱한 먼지와 함께 폭발하는 장면, 그 속에서 살아남기 위해 이리저리 뛰어 현장을 피하려던 고인들의 안타까운 모습, 그때 우리 국민들은 놀라움과 분노로 온몸을 떨어야 했다. 부총리 겸 경제기획원 서석재 장관과 함병춘 대통령 비서실장 등 장차관급 17명이 폭사한 곳이다. 그분들이 순직한 아픔의 현장에서 가슴 미어지는 밤을 잊지 못할 것이다.

불귀의 몸이 되어 고국으로 돌아왔지만 국민들의 마음속에 잊지 않고 영원히 아픈 기억으로 남아있다.

특히 함병춘 비서실장은 청와대에 발령을 받아 들어갈 때 얼마나 세상을 청렴하게 살았던지 다 헤진 구두를 신고 갔다는 일화가 남아있는데 추모비에서 그 이름 석 자를 보는 순간 뜨거운 것이 가슴속으로 치밀어 올랐다.

'아웅산 묘역 대한민국 순국 사절 추모비' 앞에서 다시 한 번 어제 일처럼 생생한 아픔을 느껴야 했다.

사랑과 증오의 사잇길

사와디 캅

안녕하십니까!

타일랜드의 인사말이다. 인도차이나 반도에 캄보디아, 라오스 미얀마와 국경을 맞대고 있으면서 경제적으로는 먹고 살만한 나라라고 생각 되었다.

10년 전부터 이 나라의 방콕, 파타야, 라챠부리, 칸차나부리, 후아힌 등 여러 도시를 돌아다니면서 많은 것을 보고 듣고 느끼고 이해하려고 노력했다.

열대 지방 사람들은 기후 때문인지 대부분 성격이 다혈질이다. 타일랜드 국민성은 친절하고 지나가는 사람들을 보면 미소를 잃지 않으며 열심히 일한다. 보상 성격의 팁을 주면 금액이 많거나 적거나 꼭 두 손을 모아 합장을 하고 고마움을 표시하기 때문에 처음 보았을 때 매우 인상적이었다. 그래서인지 외국인들이 이 나라 국민성을 좋게 평가하는 이유인 것 같다.

다른 한편으로 타일랜드의 글은 그림 같아서 외국 사람들은 쓰거나 읽기가 어렵다. 말 중에는 'ㄹ' 발음은 하지 못한다. 오늘은 오능, 그늘은 그능으로, 왜 그럴까? 쓰지 않아서 혀가 굳어 버린 것일까? 'ㄹ' 소리를 발음할 수 없게 된 언어의 마술이라는 생각이 들었다.

지금까지 타일랜드를 깊이 있게 알고 있지는 않았지만 그들과 접촉해 보면 거짓이 없고 남의 물건에 손을 대지 않는 정직성이 몸에 배어 있는 것 같았다.

외국 사람들이 가끔 타일랜드 사람들의 잘못된 점을 지적하는 경우가 있다. 물론 이 나라 국민 모두가 정직하고 성실하고 거짓이 없다고 말하기엔 곤란 하지만 극히 일부 잘못된 사람을 보고 국민성 전체를 폄하하는 것은 자기 허물을 모르고 다른 사람의 허물만 비방하는 꼴이 되어 보기에 좋지 않다.

사랑과 증오의 사잇길

한국 속담에 '똥 묻은 개가, 재 묻은 개 나무란다.' 라는 말이 있는데 여기에 해당되는 적절한 비유가 아닐까 생각된다.

이 나라는 미안하다, 죄송하다, 이런 말들을 잘 쓰지 않는다고 해서 짜증난 국민성이라고 혹평하는 사람도 있지만 외세의 침략을 받지 않았다는 자존심으로 개인주의가 강하기 때문에 존중해 주어야 할 것이다. 지금도 성질이 나면 불같은 본색을 드러내는 열대 지방의 다혈질 국민성을 순한 양으로 바꾸어 놓은 지도자는 누구일까?

타일랜드는 입헌군주제를 표방하지만 왕실 중심의 정치체제를 유지하면서 지금까지 국가 발전의 기틀을 마련했다고 한다. 2016년 서거한 푸미폰아둔야뎃 국왕은 1950년부터 66년간 통치했지만 국민들의 불평불만이 없었던 이 나라 역사상 가장 오래 왕위에 올라 존경과 사랑을 받아온 영웅적인 국왕이다.

국민 대부분이 불교를 믿고 있는 나라에서 이상적

인 국왕의 표상 '참마라챠'를 부르짖었다. 즉, 국왕은 아버지가 자식을 다스리는 것처럼 통치하고 국민은 국왕을 아버지처럼 존경한다는 통치이념으로 오랜 세월을 국민과 같이 했다. 그것은 오직 국민을 사랑으로 다스렸기 때문일 것이다.

우리나라의 지도자들은 퇴임 후 사법처리 되는 경우가 많은데 국민 모두가 수치스럽고 가슴 아프게 생각해야 한다. 타일랜드의 국왕처럼 한국 사회에도 훌륭한 지도자가 나타나서 정직하고 믿을 수 있고 진실된 사람으로 국민성을 바꾸어 놓을 수 있어야 국가의 미래가 밝을 것이다.

이렇게 하려면 지도자 자신부터 깨끗한 정치인이 되어야 한다. 정치는 정치하는 사람에게 맡기고 오로지 행복한 삶을 위해 일하는 이런 지도자를 따르고 존경하는 우리나라이기를 바란다.

공작의 화려한 유혹

태국의 골프장을 찾아서 운동을 즐긴 지 벌써 10년이 흘러갔다. 그동안 파타야, 라챠부리, 칸차나부리 등 여러 골프장을 찾았지만 후아힌코리아 골프클럽만큼 고달픈 육신을 달래주고 마음을 안정시켜 주는 휴양지도 없을 것 같다.

주변 환경이 좋은 이곳에서 휴식을 목적으로 편히 쉬고 덤으로 골프를 즐기면서 인생 황혼 길을 걷는다.

휴양과 골프를 동시에 즐길 수 있는 이곳은 하늘이 내려준 특별한 축복이다. 아름다운 무늬와 화려한 색상으로 장식한 긴 꽁지 털의 수컷 공작과 만나게 된다. 야생에서 사람들의 주위를 배회하면서 먹이를 찾는 것을 보면 우리네 인간도 그들과 동화되어 자연으로 돌아가는 느낌이 드는 곳이다.

공작은 닭목 꿩과에 속하는 새이지만 수컷은 꽁지 깃털이 화려한 반면 암컷은 수컷보다 작고 색상도 선명하지 않으며 깃털도 없다.

숫공작이 길게 뻗은 꽁지 깃털을 부채 모양으로 활짝 펴는 것은 깃털에 수놓인 색상을 보이는 각도에 따라 다양하게 변화시키며 암컷의 마음을 사로잡고 짝짓기 시기에는 꼬리깃털로 유혹을 한다.

이때 암컷은 가장 멋진 꼬리를 가진 수컷을 본능적으로 선택하도록 하는 것을 보면 생존 전략이 어쩌면 인간들보다 더 뛰어난지도 모른다. 또 한편으로는 날개에 붙어 있는 눈동자와 같은 동그란 모양의 깃털을 활짝 펼쳐 상대를 위협하는 수단으로 활용하고 색상을 자주 바꾼다.

유럽에서는 천사의 깃털 같다며 아름다움을 극찬하고 중국에서는 눈동자 같은 꽁지 깃털에 얼룩무늬가 선명하게 박혀있어 화안(火眼) 또는 주모(珠毛)라고 불렀다. 공작새의 먹이는 주로 바나나, 망고 같은 과일과 풀, 개구리, 뱀 등 파충류나 곤충을 먹고 살며 울음소리가 맑지 못하고 날카롭게 찢어지는 소리를 내기 때문에 듣기에 유쾌하지 않는 특징을 가지고 있다.

이렇게 화려한 공작도 질투가 심해서 저보다 더 아름다운 새를 보면 쫓아가 부리로 쪼아 버리는 못된 성질이 있고, 사람이 다가가도 꽁지 깃털이 손상될까봐 저항하지 않고 순순히 잡혀주는 자아도취에 빠진 흥미로운 동물이다.

암컷, 수컷 모두 머리에는 화려한 색상으로 장식한 화관을 쓰고 아름다움을 마음껏 자랑하지만 수컷은 긴 꽁지털 때문에 겨우 주변나무 가지 위나 오르내리는 것을 보면 날으는 기능이 점점 퇴화되어가는 모습이 안타까울 때가 많다.

털갈이 시기가 되면 수컷은 깃털이 모두 빠져 화려함을 자랑할 수는 없지만 거추장스러운 긴 꼬리가 없기 때문에 제법 하늘을 나는 모습을 볼 수 있다.

태국의 국립공원 관리청에서는 야생상태의 공작에게 먹이를 주도록 권장을 한다. 골프장클럽하우스에서 옥수수 알갱이를 싼값으로 팔고 있어서 흥미를 느끼는 골퍼들이 열심히 모이를 뿌려 준다.

먹이를 뿌려주면 대여섯 마리가 쪼르르 달려드는데 풀숲에 던져주는 먹이를 한 알도 빠뜨리지 않고 찾아 먹는 인지 능력이 탁월했다. 그리고 배가 고픈 공작들은 겁도 없이 손바닥에 올려놓은 옥수수 알갱이까지도 쪼아 먹는다. 얼마나 광범위한 지역을 헤매며 먹이를 정확히 찾아 먹는지 시험 삼아 넓은 공간에 뿌려주고 관찰했는데 빠짐없이 찾아낸다.

힘센 공작은 먹이를 찾아오는 약한 놈을 부리로 사정없이 쪼아서 쫓아버린다. 인간이나 동물이나 야생에서 강자만이 살아남는 자연의 법칙이 존재하고 있는 것이다.

사람들이 공작에게 먹이를 주어서 친근하게 길들여지면 그 화려한 날갯짓으로 유혹해서 먼 훗날 공작새의 영혼과 인간들이 사랑을 느낄 수도 있지 않을까 막연한 생각을 해본다.

사랑과 증오의 사잇길

벚꽃 내 삶의 저주

　많은 사람들이 좋아하는 벚꽃이 피는 4월이 되면 벚꽃 알레르기를 앓고 있는 사람들은 항상 고통을 겪는다.

　지금으로부터 50년 전 벚꽃이 필 때면 눈이 가렵고 심한 기침으로 고통을 겪는가 하면 콧물이 줄줄 흘러 연약한 몸을 가누기 힘들었다. 기관지 천식과 사촌간이 되는 알레르기, 병원에서 독한 약을 처방받아 3개월가량 먹어야 그 고통에서 벗어날 수 있었다. 이 병은 하늘이 주신 병인가 가끔 원망도 해 보지만 내 인생 가는 길에 동행해야 할 병마다.

알레르기 전문의 말에 의하면 환경을 바꾸어 주면 심한 고통에서 벗어날 수 있다는 것이다. 나는 10년 전부터 그 계절을 피해 벚꽃이 피지 않는 태국을 찾곤 한다.

2017년 3월 20일. 어김없이 태국행 타이항공에 올랐다. 올해는 항공권 마일리지 덕으로 VIP대접을 받았지만 항공료가 비싸 좌석의 절반이 승객이 없는 상태로 출발한다.

기내 서비스는 환상적이다. 일등석 승객 10여 명을 위해서 승무원 네 사람이 서비스를 시작한다. 다섯 번에 걸쳐 음식뿐만 아니라 술과 음료가 계속해서 제공되고 마지막은 커피로 마무리하는 그야말로 풀(FULL) 서비스였다. 앞으로 이렇게 호사를 누리면서 또 다시 일등석을 탈 수 있을까? 내 몸집에 어울리지 않는 호강스러운 여행인 것 같아 마음이 편하지 않았다.

그리고 도착한 곳은 휴양 겸 골프가 가능한 후아힌 코리아 골프 클럽이다. 밀 포드 파라다이스 31층, 뒤로는 18홀의 골프 코스가 있고 숙소 앞으로 풀장, 그 앞으로 끝없이 뻗어있는 해안선. 이 모래 사장은 해

수욕장으로 사용하고 있지만 콘도텔에 숙박을 한 사람만이 이용할 수 있기 때문에 한산하기 이를 데 없는 천혜의 휴양지다. 이곳이 천국은 아닐까 하는 생각이 든다.

이렇게 환경이 좋은 곳에서 내 삶의 저주를 떨쳐 버리고 세상에서 제일 편한 마음으로 여가를 즐긴다. 내 인생에 웬 복덩어리를 만났을까? 벚꽃이 삶의 저주를 행운으로 바꾸어 준 것이다.

모든 일은 생각하기 나름이다. 이렇게 즐거울 수가. 심심하면 골프를 치고 풀장에서 수영을 하다가 바다가 그리우면 수영복을 입고 파도 속으로 뛰어 든다. 밀려오는 파도에 몸을 맡기면 부웅 하늘로 올라가는 기분이다.

바다가 싫증이 나면 숙소로 올라와 태블릿에 받아 온 비비안리 주연의 '애수'와 같은 명화를 보면서 시간을 보낸다. 이렇게 좋은 환경에서 즐길 수 있음에 감사했다.

앞의 창문과 뒤쪽의 출입문을 열어 놓으면 맞바람이 시원하게 불어온다. 그 바람결에 몸을 맡기고 책을 읽는다. 내가 깊이 존경하는 소설가 문순태 교수님의 징소리와 생오지 눈 무덤을 읽고 소설속의 주인공이 되어 간다. 지루하다 싶으면 옷을 훌훌 벗어버리고 시원한 물로 샤워를 하고 단잠에 빠진다.

꿈속에서 사랑하는 가족과 가깝게 지내는 친구들의 얼굴이 눈앞에서 어른거린다. 혼자만 그렇게 재미있게 지낼 수 있느냐고 핀잔을 준다. 나는 그저 행복에 젖는다. 내 삶의 저주를 행운으로 바꾸어 준 벚꽃 알레르기, 이젠 고맙다고 해야 할까?

벚꽃이 피는 4월이 되면 항상 원망과 행운을 번갈아가면서, 얼마 남아 있지 않는 내 인생길을 행복으로 가득 채워보고 싶다.

이젠 벚꽃의 저주 같은 것은 모두 잊고 '살아있음에 행복했네'를 외쳐야 할까? 이 세상을 살아가는 모든 사람들이 한때는 불행했지만 반드시 한때는 행복하게 된다는 것. 이것이 어쩌면 우리네 삶이 아닐까!

태국의 축제, 송크란

세계적으로 유명한 축제들이 많이 있다. 브라질의 리우 삼바 축제, 독일의 맥주 축제, 일본 삿포로의 눈꽃 축제 등 각 나라마다 자기들만의 특별한 축제 행사를 한다.

태국의 물 축제 송크란(Songkran)도 세계적으로 유명한 축제 중의 하나이다. 송크란의 유래는 태국 북부 지방에 란나 왕조가 있었는데 새해맞이 행사로 전해 내려오던 것을 다양한 모습으로 발전시켜 지금에 이르고 있다.

매년 4월 11일부터 17일까지 일주일 간을 태국 국민 모두가 참여하는 즐거운 축제의 장으로 발전시켜

놓은 것이다. 축제가 시작 되면 남녀노소 구분 없이 밖으로 나와 서로에게 물을 뿌려주며 액운을 떨쳐 버리고 축복을 기원해 준다는 소박한 의미를 담고 있다.

나는 해마다 벚꽃 알레르기의 고통을 피하기 위해 태국을 찾곤 하는데 2017년에도 어김없이 태국의 휴양도시 후아힌을 찾았다. 그리고 물축제 기간에 도심으로 들어가 그들과 동화 되면서 송크란을 즐겼다.

원래 송크란이라는 말은 '들어간다', '움직인다'의 의미를 갖고 있다고 한다.

그 축제 속에 흠뻑 빠져 들고 싶었던 것이다. 태국에서 제일 무덥다는 4월, 더위를 서로 식혀주고 새해의 행운을 기원하는 행사에 동참하는 것에 의의를 두고, 축제의 절정인 4월 13일을 선택해서 참여하게 된 것이다.

태국 사람들은 이날을 설날로 생각하며 가족들이 모여 새해를 축하하고 감사하며, 조상숭배, 가족사랑, 승려에 대한 존경심을 갖는다고 한다.

축제를 직접보기 위해 택시를 불렀지만 오지 않았

다. 차를 렌트하는 것도 쉽지 않다는 것이다. 특별한
사람들의 축제가 아닌 국민 모두가 참여하기 때문에
그만큼 시가지의 일상생활이 복잡하다.

도심에는 축제 때 입는 꽃무늬 옷을 모두 차려 입
고 바가지로 물을 퍼 붓는 여인네들, 호스로 물을 뿌
려 대는 남자들과 물총으로 지나가는 사람들의 얼굴
을 향해 물싸움을 걸어오는 어린아이들까지 사정없이
물을 뿌려대고 옷을 흠뻑 젖는 것도 축복의 의미로 받
아들이기 때문에 이들 모두가 즐기는 물 축제의 장이
되고 있다.

어떤 사람들은 얼굴이 검게 타지 말라고 하얀 파우
더를 얼굴에 바르고 지나가는 사람들에게도 억지로
파우더를 발라주는 모습들이 매우 인상적이었다. 송
크란 의상을 갖춰 입은 나도 그 분위기를 피해갈 수
없었다.

어느 여인이 갑자기 달려 들더니 양쪽 뺨에 흰가루
를 듬뿍 발라 놓고 만족한 듯 쌩끗 웃는다. 그 감촉이
싫지는 않았다. 특히, 많은 외국인들도 이 축제에 참

여 하고 있었다. 그들의 손에는 모두 물총이 들려 있었고, 태국사람들이 물싸움을 걸어오면 거기에 끼어들어 열심히 축제를 즐기고 있는 모습이 좋았다. 그 축제 때는 자동차의 접촉사고나 물싸움에 따른 사소한 다툼은 서로 이해하면서 문제 삼지 않는다고 하니까 어쨌거나 즐거운 축제가 아닐까?

또한 송크란은 지역별로 돌아가면서 성대하게 행사를 진행하는데 내가 후아힌 시내에 갔을 때에는 공원에 무대를 차려놓고 노래를 부르고 춤을 추며 즐기고 있었다. 꽃으로 장식한 소품들로 현장을 가득 채워 놓은 것도 축제를 한층 돋보이게 했다.

송크란이 세계적인 축제로 발돋움하기까지 그들만의 많은 노력이 숨겨져 있었을 것이다.

물을 퍼붓고 뿌리는 사람들이나 온몸에 물벼락을 맞고 즐거움에 환호하는 그들의 축제가 진정한 볼거리다.